原著 羅貫中
編撰 王暢

圖說經典 Classic

Romance of Three Kingdoms

08

三國演義

梟雄混戰

好讀出版

歷史的天空群星璀璨

主編　王暢

一部中國古典小説史，經過歷史的淘洗沉澱，遺留下四顆燦爛奪目的珍珠：這便是現代以來學界和民間公認的四大名著，包括《三國演義》、《西遊記》、《水滸傳》和《紅樓夢》。四者當中，《三國演義》誕生最早，距今已六百餘年，它處於中國古代章回體長篇小説從草創走向成熟的階段，而《紅樓夢》則誕生最晚，至今不過二百五十年左右，在它產生的年代，章回體這一文學樣式早已爛熟，而《紅樓夢》也被視為中國古典長篇小説的高峰。不過從在社會上造成的廣泛影響看，最早面世、因而被一些人視作不免粗糙的《三國演義》卻絲毫不遜色於其他三大名著，如果檢閱各類戲曲臉譜、年畫、剪紙、皮影、木偶雕刻等民間藝術書籍，甚至很容易發現取材於《三國演義》故事題材的明顯多於取材自另外三部名著的。至於實物形態的物質文化遺產，例如遺址、文物、建築等，更以與《三國演義》相關的為最多。因此，完全可以大膽作出結論説，在四大名著中，《三國演義》的「群眾基礎」最廣泛，歷史遺存最繁多，民間影響最深遠。

老百姓為什麼愛看《三國》？原因可能多種多樣，但最根本的一點，我認為是源自三國歷史本身的魅力。《三國演義》能得到廣大讀者的青睞，在很大程度上可以視為一種歷史的饋贈。中國人向來「好古」，中國文化一個很重要的傳統即是文史不分，從兩千一百多年前的史學巨著《史記》誕生至今，優秀的歷史著作和歷史小說從來都是人們津津閱讀的類型和縱情談論的話題。《三國演義》作為中國最優秀的歷史小說，自然擁有最廣大的讀者群。關於這一點，明代人蔣大器對《三國演義》的經典論述——「文不甚深，言不甚俗；事紀其實，亦庶幾乎史。」——其實早已作出了對祕密的揭示。「文不甚深，言不甚俗」說的是《三國演義》的語言表達，但這顯然不是它吸引讀者的根本原因，因為對於廣大百姓來說，更為淺顯通俗的白話歷史小說汗牛充棟，他們何必要去讀這半文不白的《三國》？顯然，更重要的是後面兩句，「事紀其實，亦庶幾乎史」，這說的是內容取材和寫法——從史書中取材，以紀實的筆法寫出，雖是小說，卻近似於歷史。用清代學者章學誠另一句更為經典的評價，就是《三國演義》是在大量取材於歷史的基礎上加以

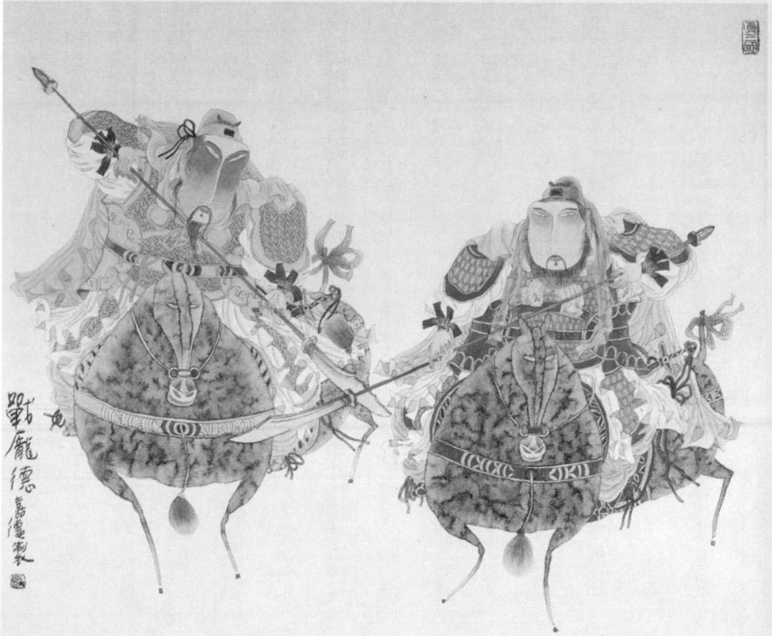

虛構，其比例是「七實三虛」。當然，這虛實如何搭配才能產生最好的效果？要以假亂真，讓讀者「或不免並信虛者為真」（魯迅語），完全追隨作者的思路，體會作者的呼吸，陶醉於書中的一點一滴，那就得看作者的本事了。在這上面，原書作者羅貫中和通行本改定者清初的毛宗崗，兩人皆展現出了個人博大精深的學識和卓越非凡的才情。中國的歷史小說中，對歷史的忠實程度各有別，從「一實九虛」到「九實一虛」都不乏其例，而唯有「七實三虛」的《三國演義》最受歡迎，這一方面說明了作品取得的傑出藝術成就，另一方面也反映了民眾在「好古」、熱心追尋歷史真實的同時，同樣擁有一份充滿幻想和浪漫主義、英雄主義的歷史情懷。

在中國悠久的歷史和頻繁的朝代更替中，天下分分合合，亂世治世輪轉，每一個歷史時期都有所謂的演義小說對之加以描繪，而以「說三分」最為洋洋大觀。這是由於，正如清代著名才子金聖歎所言，歷朝歷代中，「從未有六十年中，興則俱興，滅則俱滅，如三國爭天下之局之奇者也。」歷史的奇局成就了小說的奇觀，其中引人注目的一點便是《三國演義》的讀者範圍特別廣泛，「今覽此書之奇，足以使學士讀之而快，委巷不學之人讀之而亦快；英雄豪傑讀之而快，凡夫俗子讀之而亦快也。」

歷來讀《三國》者，往往會取一個特別的角度：人才。時至今日，「三國人才學」更被不少公司管理人員視為必修課。其實，這一傳統是三百年以前由《三國演義》的改定者和評點者毛宗崗所開創的。毛宗崗在《讀三國志法》中提到：「古史甚多，而人獨貪看《三國志》者，以古今人才之聚未有盛於三國者也。」其中最著名的人才有三個，「吾以為三國有三奇，可稱三絕：諸葛孔明一絕也，關雲長一絕也，曹操亦一絕也」，三人分別是古往今來賢相中「名高萬古」、名將中「絕倫超群」、奸雄中「智足以攬人才而欺天下」之「第一奇人」。除此以外，各方面的傑出人才簡直數不勝數：運籌帷幄如徐庶、龐統，行軍用兵如周瑜、陸遜、司馬懿，料人料事如郭嘉、程昱、荀彧、賈詡、顧雍、張昭，武功將略如張飛、趙雲、黃忠、嚴顏、張遼、徐晃、徐盛、朱桓，衝鋒陷陣如馬超、馬岱、關興、張苞、許褚、典韋、張郃、夏侯惇、黃蓋、周泰、甘寧、太史慈、丁奉，兩才相當如姜維、鄧艾及羊祜、陸抗，道學如馬融、鄭玄，文藻如蔡邕、王粲，穎捷如曹植、楊修，早慧如諸葛恪、鍾會，應對如秦宓、張松，舌辯如李恢、闞澤，不辱君命如趙諮、鄧芝，飛書馳檄如陳琳、阮瑀，治繁理劇如蔣琬、董允，揚譽蜚聲如馬良、荀爽，好古如杜預，博物如張華……這些通常分見於各朝各代、須千百年才能出齊的風流人物，卻齊齊在三國湧現，使得三國成了「人才一大都會」，「收不勝收，接不暇接，吾於《三國》有觀止之歎矣。」〔按：毛宗崗此處所說的《三國》指《三國志通俗演義》，即《三國演義》。〕

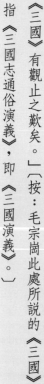

《三國演義》寫到的人物有一千多個，能被視為優秀人才的至少超過二百。這些人雖然各為其主，才智各異，品行不一，但絕大多數都懷有雄心壯志，且能埋頭苦幹，為了自己的理想，鞠躬盡瘁，死而後已，令人油然而生一份感動與敬意。他們以歷史為舞臺，與命運作抗爭，雖然「紛紛世事無窮盡，天數茫茫不可逃」（第一百二十回），加上各自性格中難以避免的悲劇性因素，最終只落得個「鼎足三分已成夢」（第一百二十回）、「是非成敗轉頭空」（書首）的結局，然而他們的生命畢竟熾烈地燃燒過，而燃燒的生命是美麗的。從後世看來，他們——包括其中最傑出的諸葛亮、曹操等人——不過是歷史天際的流星，然而當其燃燒的時候，卻發出過炫目的光芒。群星璀璨，照亮了歷史的天空，也點燃了後人的心靈。如果說，本書在歷史觀上仍然沒有擺脫「分久必合，合久必分」的循環論和一定程度上的宿命論，那麼，它在人生觀上，則無疑是提倡一種「天行健，君子以自強不息」的有所為的、甚至是知其不可為而為之的積極入世精神。或許這，正是千載而下人們仍然能夠從書中吸取的核心價值。

最後，感謝本書責任編輯陳詩恬小姐，以及處理圖片版權事務的何敬茹小姐給予的細緻而友好的合作。在本書編輯過程中，自始至終得到了侯桂新先生的大力支持；他運用編輯本【圖說經典】系列之《紅樓夢》收穫的寶貴經驗，在某些環節上對本書的編輯提供了關鍵性的幫助，此情此景，當銘感於心。

如何閱讀本書

名家評點：

選收不同名家之評點，
隨文直書於奇數頁最左側，
並於文中以◎記號標號，
以供對照

精緻彩圖：

名家繪圖、相關照片等精緻彩圖，
使讀者融入小說情境

列出各回回目
便於索引翻閱

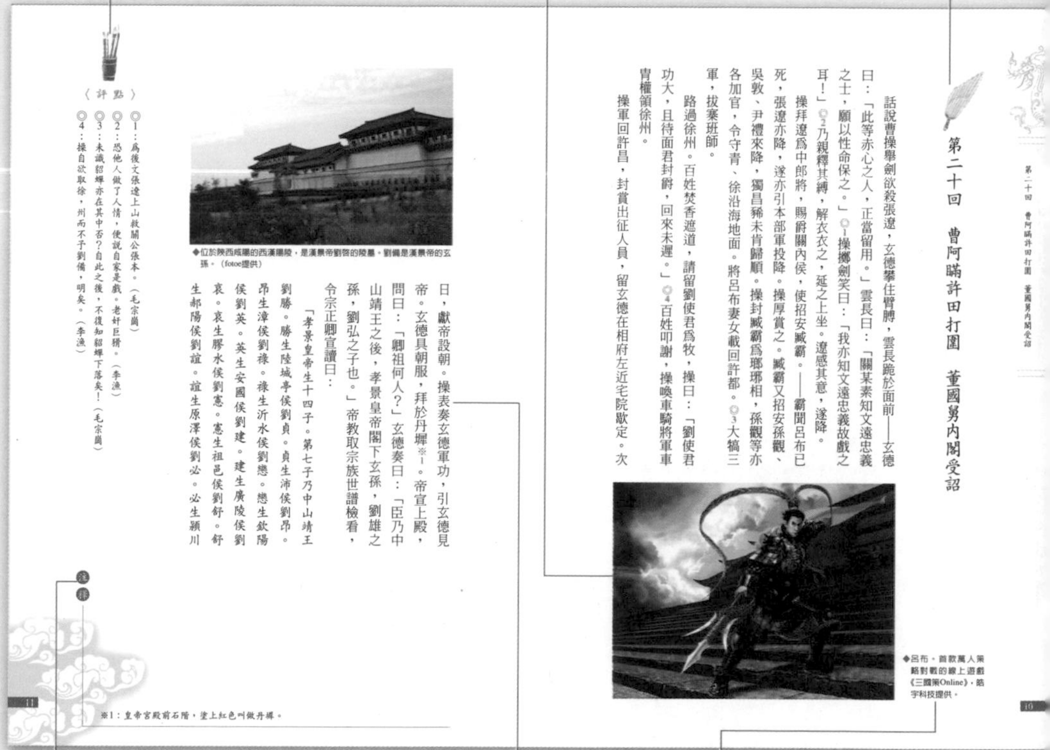

第二十回　曹阿瞞許田打圍　董國舅內閣受詔
話說曹操舉劍欲殺張遼，玄德攀住臂膊，雲長跪於面前——玄德曰：「此等赤心之人，正當留用。」雲長曰：「關某素知文遠忠義之士，願以性命保之。」◎1操擲劍笑曰：「我亦知文遠忠義故戲之耳！」◎2乃親釋其縛，解衣衣之，延之上坐。遼感其意，遂降。
操拜遼為中郎將，賜爵關內侯，使招安臧霸。——霸聞呂布已死，張遼亦降，遂亦引本部軍投降。操厚賞之。臧霸又招安孫觀、吳敦、尹禮來降，獨昌豨未肯歸順。操封臧霸為瑯琊相，孫觀等亦各加官，令守青、徐沿海地面。將呂布妻女載回許都。◎3大犒三軍，拔寨班師。
路過徐州。百姓焚香遮道，請留劉使君為牧，操曰：「劉使君功大，且待面君封爵，回來未遲。」◎4百姓叩謝，操喚車騎將軍車冑權領徐州。
操軍回許昌，封賞出征人員，留玄德在相府左近宅院歇定。次日，獻帝設朝。操表奏玄德軍功，引玄德見帝。玄德具朝服，拜於丹墀※1。帝宣上殿，問曰：「卿祖何人？」玄德奏曰：「臣乃中山靖王之後，孝景皇帝閣下玄孫，劉雄之孫，劉弘之子也。」帝教取宗族世譜檢看，令宗正卿宣讀曰：
「孝景皇帝生十四子。第七子乃中山靖王劉勝。勝生陸城亭侯劉貞。貞生沛侯劉昂。昂生漳侯劉祿。祿生沂水侯劉戀。戀生欽陽侯劉英。英生安國侯劉建。建生廣陵侯劉哀。哀生膠水侯劉憲。憲生祖邑侯劉舒。舒生祁陽侯劉誼。誼生原澤侯劉必。必生潁川
◆呂布。首款萬人策略對戰的線上遊戲《三國策Online》，皓宇科技提供。
◆位於陝西咸陽的西漢陽陵，是漢景帝劉啓的陵墓。劉備是漢景帝的玄孫。（fotoe提供）
〈評點〉
◎1：爲後文張遼上山救關公張本。（毛宗崗）
◎2：恐他人做了人情，便說自家是戲。老奸巨猾。（李漁）
◎3：未識貂嬋亦在其中否？自此之後，不復知貂嬋下落矣！（毛宗崗）
◎4：操自欲取徐，州而不予劉備，明矣。（李漁）
注釋
※1：皇帝宮殿前石階，塗上紅色叫做丹墀。
10
11

詳細注釋：

解釋艱難字詞，
隨文橫書於頁面下方欄位，
並於文中以※記號標號，以供對照

閱讀性高的原典：

將一百二十回原典
分爲六大分冊，
版面美觀流暢、閱讀性強

詳細圖說：

說明性和評點性的圖說，
提供讓讀者理解

目錄

梟雄混戰

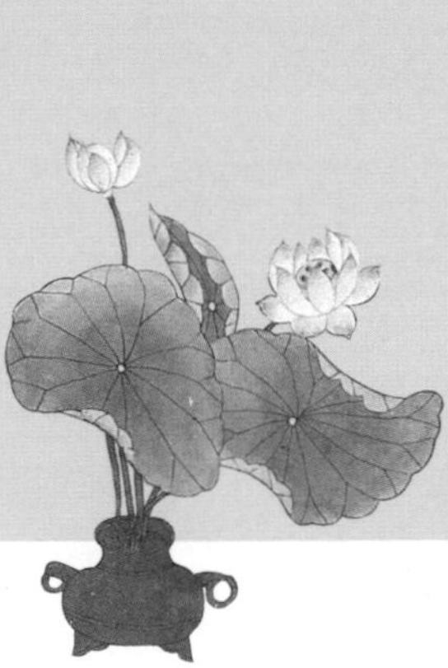

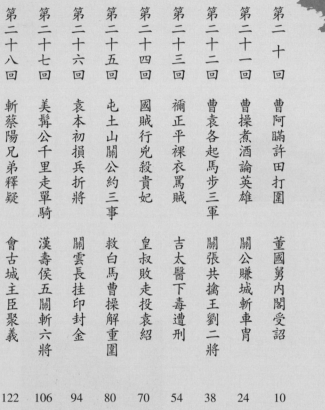

第二十回　曹阿瞞許田打圍　董國舅內閣受詔

話說曹操舉劍欲殺張遼，玄德攀住臂膊，雲長跪於面前——玄德曰：「此等赤心之人，正當留用。」雲長曰：「關某素知文遠忠義之士，願以性命保之。」◎1操擲劍笑曰：「我亦知文遠忠義故戲之耳！」◎2乃親釋其縛，解衣衣之，延之上坐。遼感其意，遂降。

操拜遼爲中郎將，賜爵關內侯，使招安臧霸。——霸聞呂布已死，張遼亦降，遂亦引本部軍投降。操厚賞之。臧霸又招安孫觀、吳敦、尹禮來降，獨昌豨未肯歸順。操封臧霸爲瑯琊相，孫觀等亦各加官，令守青、徐沿海地面。將呂布妻女載回許都。◎3大犒三軍，拔寨班師。

路過徐州。百姓焚香遮道，請留劉使君爲牧，操曰：「劉使君功大，且待面君封爵，回來未遲。」◎4百姓叩謝，操喚車騎將軍車冑權領徐州。

操軍回許昌，封賞出征人員，留玄德在相府左近宅院歇定。次

◆呂布。首款萬人策略對戰的線上遊戲《三國策Online》，皓宇科技提供。

◆位於陝西咸陽的西漢陽陵，是漢景帝劉啓的陵墓。劉備是漢景帝的玄孫。（fotoe提供）

日，獻帝設朝。操表奏玄德軍功，引玄德見帝。玄德具朝服，拜於丹墀※1。帝宣上殿，問曰：「卿祖何人？」玄德奏曰：「臣乃中山靖王之後，孝景皇帝閣下玄孫，劉雄之孫，劉弘之子也。」帝教取宗族世譜檢看，令宗正卿宣讀曰：

「孝景皇帝生十四子。第七子乃中山靖王劉勝。勝生陸城亭侯劉貞。貞生沛侯劉昂。昂生漳侯劉祿。祿生沂水侯劉戀。戀生欽陽侯劉英。英生安國侯劉建。建生廣陵侯劉哀。哀生膠水侯劉憲。憲生祖邑侯劉舒。舒生祁陽侯劉誼。誼生原澤侯劉必。必生潁川

〈評點〉

◎1：爲後文張遼上山救關公張本。（毛宗崗）

◎2：恐他人做了人情，便說自家是戲。老奸巨猾。（李漁）

◎3：未識貂蟬亦在其中否？自此之後，不復知貂蟬下落矣！（毛宗崗）

◎4：操自欲取徐，州而不予劉備，明矣。（李漁）

注釋

※1：皇帝宮殿前石階，塗上紅色叫做丹墀。

侯劉達。達生豐靈侯劉不疑。不疑生濟川侯劉惠。惠生東郡范令劉雄。雄生劉弘，弘不仕。劉備乃劉弘子也。」

帝排世譜，則玄德乃帝之叔也。帝大喜，請入偏殿，敘叔姪之禮。

帝暗思：「曹操弄權，國事都不由朕作主。今得此英雄之叔，朕有助矣！」◎5遂拜玄德爲左將軍宜城亭侯。設宴款待畢，玄德謝恩出朝，自此人皆稱爲劉皇叔。◎6

曹操回府。荀彧等一班謀士入見，曰：「天子認劉備爲叔，恐無益於明公！」操曰：「彼既認爲皇叔，吾以天子之詔令之，彼愈不敢不服矣！況吾留彼在許都，名雖近君，實在吾掌握之內，吾何懼哉？◎7吾所慮者：太尉楊彪係袁術親戚，倘與二袁爲內應，爲害不淺。當即除之！」乃密使人誣告彪交通袁術，遂收彪下獄，命滿寵按治之。◎8

時北海太守孔融在許都。因諫操曰：「楊公四世

◆ 2007年6月1日，中國許昌三國文化周暨《孔融讓梨》特種郵票首發式在河南省許昌市舉行。圖為特種郵票《孔融讓梨》，描繪孔融幼時將大梨讓給他人、自己吃小梨的故事。（張燕軍／photobase／fotoe提供）

清德，豈可因袁氏而罪之乎？」操曰：「此朝廷意也。」融曰：「使成王殺召公，周公可得言不知耶？」操不得已，乃免彪官，放歸田里。

議郎趙彥憚操專橫，上疏劾操不奉帝旨，擅收大臣之罪。操大怒，即收趙彥殺之。於是百官無不悚懼。

謀士程昱說操曰：「今明公威名日盛，何不乘此時行霸王之事？」操曰：「朝廷股肱※2尚多，未可輕動。吾當請天子田獵，以觀動靜。」◎9於是揀選良馬、名鷹、俊犬。弓矢俱備，先聚兵城外。操入請天子田獵。

帝曰：「田獵恐非正道。」◎10操曰：「古之帝王，春蒐夏苗，秋獮冬狩※3；四時出郊，以示武於天下。今四海擾攘之時，正當借田獵以講武。」帝不敢不從。隨即上逍遙馬，帶寶雕弓、金鈚箭。排鑾駕出城。玄德與關、張各彎弓插箭，內穿掩心甲，手持兵器，引數十騎隨駕出許昌。

〈評點〉

◎5：帝亦有眼力。（李漁）
◎6：曹、劉相失實始於此。（毛宗崗）
◎7：操不使備留徐州，正是此意。（毛宗崗）
◎8：前彪實勸帝召操，今操即害彪，老賊大是忘本。（毛宗崗）
◎9：觀動靜者，觀左右也。（李漁）
◎10：絕非亡國之君之言，何天之不祚漢也！（毛宗崗）

注釋

※2：股，大腿。肱，臂自肘至腕的部分。皇帝把親信大臣看作自己的得力幫手。
※3：蒐：春天打獵。苗：夏天打獵。獮：秋天打獵。狩：冬天打獵。

曹操騎了黃飛電馬，引十萬之眾，與天子獵於許田。軍士排開圍場，週廣二百餘里。操與天子並馬而行，只爭一馬頭。背後都是操之心腹將校。◎11文武百官遠遠侍從，誰敢近前？

當日，獻帝馳馬到許田，劉玄德起居※4道旁。帝曰：「朕今欲看皇叔射獵。」玄德領命上馬。忽草中趕起一兔，玄德射之，一箭正中那兔。帝喝采。

轉過土坡，忽見荊棘草中，趕出一隻大鹿。帝連射三箭不中，顧謂操曰：「卿射之！」操就討天子寶雕弓、金鈚箭，扣滿一射，正中鹿背，倒於草中。群臣

◆曹阿瞞許田打圍。曹操通過圍獵試探群臣動靜，為自己日後封王作準備。（fotoe提供）

將校見了金鈚箭，只道天子射中，都踴躍向帝呼萬歲；曹操縱馬直出，遮於天子之前，以迎受之。◎12眾皆失色。

玄德背後，雲長大怒！豎起臥蠶眉，睜開丹鳳眼，提刀拍馬便出，要斬曹操。◎13玄德見了，慌忙搖手送目，關公見兄如此，便不敢動。玄德欠身向操稱賀曰：「丞相神射，世所罕及！」操笑曰：「此天子洪福耳！」乃回馬向天子稱賀，竟不獻還寶雕弓，就自懸帶。

圍場已罷，宴於許田。宴畢，駕回許都，眾人各自歸歇。雲長問玄德曰：「操賊欺君罔上，我欲殺之，爲國除害，兄何止我？」玄德曰：「『投鼠忌器』，操與帝相離只一馬頭，其心腹之人週迴擁侍，吾弟若逞一時之怒，輕有舉動，倘事不成，有傷天子，罪反坐我等矣。」雲長曰：「今日不殺此賊，後必爲禍。」玄德曰：「且宜秘之，不可輕言。」◎14

卻說獻帝回宮，泣謂伏皇后曰：「朕自即位以來，奸雄並起。先受董卓之殃，後遭傕、氾之亂。常人未受之苦，吾與汝當之。後得曹操以爲社稷之臣，不意專國

〈評點〉

◎11：可知此時殺曹操不得！（毛宗崗）

◎12：弓箭可借，萬歲亦可借乎？操之儼然迎受，正以觀眾人之動靜也。（毛宗崗）

◎13：義氣凜凜，鬚眉如覩。（毛宗崗）

◎14：雲長耐不得，玄德偏耐得。（毛宗崗）

注釋

◆伏壽，漢獻帝劉協的皇后。西元159年被立為皇后，214年因不滿曹操誅殺董承，與父親伏完密謀殺曹操，事情敗露後被禁閉冷宮，最後自縊。（fotoe提供）

※4：這裏是向皇帝行禮請安的意思。

弄權，擅作威福。朕每見之，背若芒刺。今日在圍場上，身迎呼賀，無禮已極，早晚必有異謀。吾夫妻不知死所也！」

伏皇后曰：「滿朝公卿俱食漢祿，竟無一人能救國難乎？」言未畢，忽一人自外而入曰：「帝后休憂，吾舉一人，可除國害。」帝視之，乃伏皇后之父伏完也。◎15

帝掩淚問曰：「皇丈亦知操賊之專橫乎？」完曰：「許田射鹿之事，誰不見之？但滿朝之中，非操宗族，則其門下。若非國戚，誰肯盡忠討賊？老臣無權，難行此事。車騎將軍國舅董承可託也。」

帝曰：「董國舅多赴國難，朕躬素知。可宣入內，共議大事。」完曰：「陛下左右皆操賊心腹。倘事洩，爲禍不淺。」帝曰：「然則奈何？」完曰：「臣有一計。陛下可製衣一領，取玉帶一條，密賜董承。卻於帶襯內縫一密詔以賜之，令到家見詔。可以晝夜畫策，神鬼不覺矣。」◎16帝然之。

伏完辭出，帝乃自作一密詔，咬破指尖以血寫之。◎17暗令伏皇后縫於玉帶紫錦襯內。卻自穿錦袍，自繫此帶。令內史宣董承入。

承見帝，禮畢。帝曰：「朕夜來與后說霸河之苦，念國舅大功。故特宣入慰

伏完

◆伏完（？～209），瑯琊東武人，東漢輔國將軍，生五子一女，是伏皇后之父。因謀殺曹操被發現後滿門抄斬，四百多年的名門望族自此凋敝。（清・潘畫堂繪／上海書畫出版社提供）

勞。」承頓首謝。

帝引承出殿，到太廟，轉上功臣閣內。帝焚香禮畢，引承觀畫像。中間畫漢高祖容像，帝曰：「吾高祖皇帝起身何地？如何創業？」承大驚曰：「陛下戲臣耳？聖祖之事，何爲不知？高皇帝起自泗上亭長，提三尺劍，斬蛇起義。縱橫四海，三載亡秦，五年滅楚，遂有天下，立萬世之基業。」

帝曰：「祖宗如此英雄，子孫如此儒弱，豈不可歎！」因指左右二輔之像曰：「此二人非留侯張良、酇侯蕭何耶？」承曰：「然也。高祖開基創業，實賴二人之力。」帝回顧，左右較遠，乃密謂承曰：「卿亦當如此

◆河南永城縣芒碭山南麓漢高祖斬蛇碑。明隆慶五年（1571）立，碑高2.39公尺，寬1.1公尺，厚0.22公尺，額書「日月漢高斷蛇之處」八字，碑文記述漢高祖斬蛇及後人為之建廟立碑的經過。（聶鳴／fotoe提供）

〈評點〉

◎15：伏完之死在後，董承之死在先。今卻於董承之前，先將伏完引線，敘事妙品。（毛宗崗）

◎16：衣帶詔之謀出自伏完，而伏完偏不在董承等七人之內，卻留在後文另作一事，讀者所不能測也。（毛宗崗）

◎17：臣有刺血上表者矣！未有天子而刺血下詔者也。此亦千古奇事！（毛宗崗）

◆張良（？～前186），字子房，戰國時韓國人，西漢傑出的軍事謀略家，漢高祖劉邦的謀臣，漢王朝的開國元勳之一，與蕭何、韓信同被稱為漢初三傑，被封留侯，諡文成侯。（fotoe提供）

二人，立於朕側。」承曰：「臣無寸功，何以當此？」帝曰：「朕想卿西都救駕之功，未嘗少忘，無可爲賜。」因指所著袍帶曰：「卿當衣朕此袍，繫朕此帶，常如在朕左右也。」承頓首謝。帝解袍帶賜承，◎18密語曰：「卿歸可細視之，勿負朕意。」承會意，穿袍繫帶，辭帝下閣。——早有人報知曹操曰：「帝與董承登功臣閣說話！」操即入朝來看。

董承出閣，纔過宮門，恰遇操來。急無躲避處，◎19只得立於路側施禮。操問曰：「國舅何來？」承曰：「適蒙天子宣召，賜以錦袍玉帶。」操問曰：「何故見賜？」承曰：「因念舊日西都救駕之功，故有此賜。」操曰：「解帶我看。」承心知衣帶中必有密詔，恐操看破，遲延不解。操叱左右急解下來，看了半晌，笑曰：「果然是條好玉帶。再脫下錦袍來借看！」承心中畏懼，不敢不從，遂脫袍獻上。◎20

操親自以手提起，對日影中細細詳看。看畢自己穿在身上，繫了玉帶，回顧左右曰：「長短如何？」左右稱美。

操謂承曰：「國舅，即以此袍帶轉賜與吾。何如？」承告曰：「君恩所賜，不敢轉贈。容某別製奉獻。」操曰：「國舅受此衣帶，莫非其中有謀乎？」承驚曰：「某焉敢？丞相如要，便當留下。」操曰：「公受君賜，吾何相奪？聊為戲耳！」遂脫袍帶還承。◎21

承辭操歸家。至夜獨坐書院中，將袍仔細反覆看了，並無一物。承思曰：「天子賜我袍帶，命

◆董國舅內閣受詔。曹操細細檢查董承的錦袍，未能發現隱藏的血詔。（fotoe提供）

〈評點〉

◎18：意只在帶，卻以袍陪之。（毛宗崗）
◎19：急殺！（毛宗崗）
◎20：帶不自解，袍卻自脫。形容畏懼之態如畫。（毛宗崗）
◎21：董承不肯獻，操卻偏要。董承願獻，操便不要。奸雄眞奸猾之極！（毛宗崗）

我細觀，必非無意。今不見甚蹤跡，何也？」隨又取玉帶檢看，乃白玉玲瓏碾成小龍穿花，背用紫綿爲襯，縫綴端整；亦並無一物。承心疑，放於桌上，反覆尋之。◎22

良久，惓甚，正欲伏几而寢。忽然燈花落於帶上，燒著背襯。◎23承驚拭之，已燒破一處；微露素絹，隱見血跡。急取刀拆開視之，乃天子手書血字密詔也。詔曰：

朕聞人倫之大，父子爲先；尊卑之殊，君臣爲重。近日操賊弄權，欺壓君父；結連黨伍，敗壞朝綱；敕賞封罰，不由朕主。朕夙夜憂思，恐天下將危。卿乃國之大臣，朕之至戚。當念高帝創業之艱難，糾合忠義兩全之烈士，殄滅奸黨，復安社稷，祖宗幸甚。破指灑血，書詔付卿。再四慎之，勿負朕意。建安四年春三月詔。

董承覽畢，涕淚交流，一夜寢不能寐。

晨起，復至書院中，將詔再三觀看，無計可施。乃放詔於几上，沉思滅操之計。忖量未定，隱几而臥。忽侍郎王子服至。門吏知子服與董承交厚，不敢攔阻。竟入書院，見承伏几不醒，袖底壓著素絹，微露「朕」字。◎24子服疑之。默取看畢，藏於袖中，呼承曰：「國舅好自在！虧你如何睡得著？」

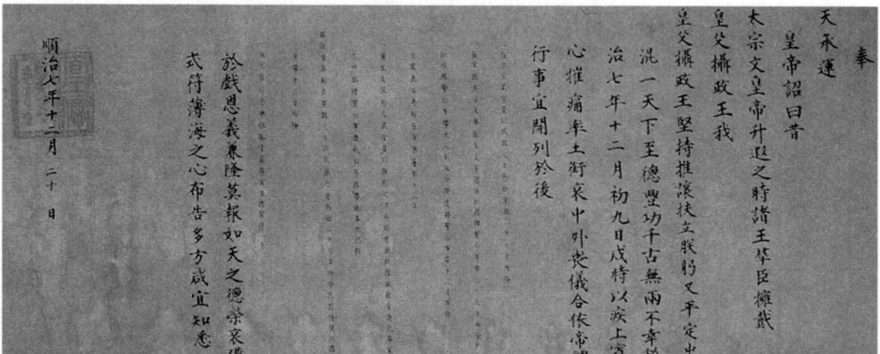
奉
天承運
皇帝詔曰昔
太宗文皇帝升遐之時諸王群臣擁戴
皇父攝政王我
皇父攝政王堅持推讓扶立朕躬又平定中原
混一天下至德豐功千古無兩不幸於順
治七年十二月初九日戌時以疾上賓朕
心摧痛率土銜哀中外喪儀合依帝禮
行事宜開列於後
於戲恩義兼隆莫報如天之德榮哀備
式符薄海之心布告多方咸宜知悉
順治七年十二月 二十 日

◆古代皇帝詔書樣本。此為順治帝頒佈的哀詔。順治七年冬十二月初九，多爾袞外出打獵，死於喀喇城（今河北灤平），順治帝得知後，頒佈詔書，封多爾袞為「誠敬義皇帝」，廟號成宗。（fotoe提供）

承驚覺，不見詔書，魂不附體，手腳慌亂。子服曰：「汝欲殺曹公？吾當出首。」承泣告曰：「若兄如此，漢室休矣！」子服曰：「吾戲耳。吾祖宗世食漢祿，豈無忠心？願助兄一臂之力，共誅國賊。」承曰：「兄有此心，國之大幸。」子服曰：「當於密室同立義狀，◎25各捨三族，以報漢君。」◎26承大喜取白絹一幅，先書名畫字。子服亦即書名畫字。

書畢，子服曰：「將軍吳子蘭與吾至厚，可與同謀。」承曰：「滿朝大臣，惟有長水校尉種輯，議郎吳碩是吾心腹，必能與我同事。」正商議間，家僮入報：「種輯、吳碩來探！」承曰：「此天助我也！」教子服暫避於屏後。承接二人入書院坐定。

茶畢，輯曰：「許田射獵之事，君亦懷恨乎？」承曰：「雖懷恨，無可奈何。」碩曰：「吾誓殺此賊，恨無助我者耳！」輯曰：「為國除害，雖死無怨。」◎27王子服從屏後出，曰：「汝二人欲殺曹丞相？我當出首，董國舅便是證見。」種輯怒

〈評點〉

◎22：操見袍中無物，故不更疑及帶。承正以袍中無物，故更猜及帶。（毛宗崗）

◎23：天巧如此，何以又不成功？想承命當送於此耳。（李漁）

◎24：形容得妙，與董承於燈花燒破處窺見血跡一樣驚人。（毛宗崗）

◎25：開口便要立盟書，頗覺書生氣，是文官身分。（毛宗崗）

◎26：不利市話。（李漁）

◎27：不用董承先說，卻用二人自說。妙！（毛宗崗）

曰：「忠臣不怕死。吾等死作漢鬼，強似你阿附國賊。」

承笑曰：「吾等正爲此事，欲見二公。王侍郎之言乃戲耳！」便於袖中取出詔來與二人看。二人讀詔，揮淚不止。承遂請書名。子服曰：「二公在此少待，吾去請吳子蘭來。」

子服去不多時，即同子蘭至；與眾相見，亦書名畢。承邀於後堂會飲。忽報：「西涼太守馬騰相探。」承曰：「只推我病，不能接見。」

門吏回報。騰大怒，曰：「我夜來※5在東華門外，親見他錦袍玉帶而出，◎28何故推病耶？吾非無事而來，奈何拒我？」門吏入報，備言騰怒。承起曰：「諸公少待，暫容承出。」隨即出廳延接。

禮畢坐定，騰曰：「騰入覲將還，故來相辭。何見拒也？」承曰：「賤軀暴疾，有失迎候。罪甚。」騰曰：「面帶春色，未見病容！」承無言可答。騰拂袖便起，嗟嘆下階曰：「皆非救國之人也！」

承感其言，挽留之，◎29問曰：「公謂何人非救國之人？」騰曰：「許田射獵之事，吾尚氣滿胸膛！公乃國之至戚，猶自滯於酒色，而不思討賊，安得爲皇家救難扶災之人乎？」承恐其詐，佯驚曰：「曹丞相乃國之大臣，朝廷所倚賴。公何出此言？」◎30騰大怒曰：「汝尚以曹賊爲好人耶？」承曰：「耳目甚近，請公低

◆馬騰像。在馬騰看來，曹操早就不是「好人」了。（fotoe提供）

聲。」騰曰：「貪生怕死之徒，不足以論大事。」說罷又欲起身。承知騰忠義，乃曰：「公且息怒，某請公看一物！」遂邀騰入書院，取詔示之。騰讀畢，毛髮倒豎，咬齒嚼唇，滿口流血。◎31

馬騰曰：「公若有舉動，吾即統西涼兵爲外應。」承請騰與諸公相見。取出義狀，教騰書名。騰乃取酒歃血爲盟，曰：「吾等誓死不負所約。」指坐上五人言曰：「若得十人，大事諧矣！」承曰：「忠義之士不可多得。若所與非人，則反相害矣。」◎32騰教取鴛行鷺序簿※6來檢看，檢到劉氏宗族，乃拍手言曰：「何不共此人商議？」眾皆問：「何人？」馬騰不慌不忙，說出那人來。正是：

「本因國舅承明詔，又見宗潢※7佐漢朝。」

畢竟馬騰之言如何？且看下文分解……

〈評點〉

◎28：又將袍帶一提。（毛宗崗）

◎29：彼來則拒之，彼去則留之。俱用逆寫。（毛宗崗）

◎30：純用逆挑，妙！（毛宗崗）

◎31：寫馬騰，又是馬騰身分，與前五人不同。（毛宗崗）

◎32：人少做不得，人多亦做不得。（毛宗崗）

注釋

※5：昨天。

※6：在職官員的名冊，也叫《搢紳便覽》。鴛行、鷺序，指官僚朝會的班次。

※7：皇帝的宗族子孫。

第二十一回　曹操煮酒論英雄　關公賺城斬車冑

卻說董承等問馬騰曰：「公欲用何人？」馬騰曰：「現有豫州牧劉玄德在此，何不求之？」◎1

承曰：「此人雖則係是皇叔，今正依附曹操，安肯行此事耶？」騰曰：「吾觀前日圍場之中，曹操迎受眾賀之時，雲長在玄德背後挺刀欲殺操，玄德以目視之而止。玄德非不欲圖操，恨操牙爪多，恐力不及耳。◎2公試求之，當必應允。」吳碩曰：「此事不宜太速，當從容商議。」◎3眾皆散去。

次日黑夜裏，董承懷詔，逕往玄德公館中來。門吏入報，玄德出迎，請入小閣坐定，關、張侍立於側。玄德曰：「國舅黑夜至此，必有事故？」承曰：「白日乘馬相訪，恐操見疑。故黑夜相見。」玄德命取酒相待。

承曰：「前日圍場之中，雲長欲殺曹操，將軍動目搖頭而退之，何也？」玄德失驚！曰：「公何以知之？」承曰：「人皆不見，某獨見之。」玄德不能隱諱，遂曰：「舍弟見操僭越，故不覺發怒耳！」承掩面哭曰：「朝廷臣子若盡如雲長，何憂不太平哉！」◎4

玄德恐是曹操使他來試探，乃佯言曰：「曹丞相治國，爲何憂不太平乎？」承變色而起，曰：「公乃漢朝皇叔，故剖肝瀝膽以相告。公何詐也？」玄德曰：「恐國賊有詐，故相試耳！」◎5

於是董承取衣帶詔令觀之。玄德不勝悲憤！又將義狀出示——上止有六位：一、車騎將軍董承。二、工部侍郎王子服。三、長水校尉种輯。四、議郎吳碩。五、昭信將軍吳子蘭。六、西涼太守馬騰。——玄德曰：「公既奉詔討賊，備敢不效犬馬之勞？」承拜謝，便請書名。玄德亦書「左將軍劉備」◎6押了字，付承收訖。承曰：「尚容再請三人，共聚十義，以圖國賊。」玄德曰：「切宜緩緩而行，不可輕洩……」共議到五更，相別去了。

玄德也防曹操謀害，就下處後園種菜，親自澆灌，以爲韜晦之計。

〈評點〉

◎1：因董承轉出馬騰，因馬騰轉出玄德。玄德爲主，董、馬二人不過做一引子耳。（毛宗崗）

◎2：玄德心事，馬騰一語道著。（毛宗崗）

◎3：碩更老成。（李贄）

◎4：語殊慷慨淋漓。（毛宗崗）

◎5：妝點得有光景。（李贄）

◎6：大書特書。（李漁）

◆山西運城解州鎮關帝廟的「忠義仁勇」牌匾。「忠」在「義」先，關羽忠於漢朝，因此見不得曹操僭越，欲要殺之。（司徒強／fotoe提供）

◎7關、張二人曰：「兄不留心天下大事，而學小人之事，何也？」玄德曰：「此非二弟所知也。」二人乃不復言。一日關、張不在，玄德正在後園澆菜，許褚、張遼引數十人入園中，曰：「丞相有命，請使君便行。」玄德驚！問曰：「有甚緊事？」許褚曰：「不知，只教我來相請。」玄德只得隨二人入府見操。操笑曰：「在家做得好大事！」◎8唬得玄德面如土色。

操執玄德手，直至後園，曰：「玄德，學圃※1不易？」玄德方纔放心，答曰：「無事消遣耳！」操曰：「適見枝頭梅子青青，忽感去年征張繡時，道上缺水，將士皆渴。吾心生一計，以鞭虛指曰：『前面有梅林。』軍士聞之，口皆生唾，由是不渴。今見此梅，不可不賞。◎9又值煮酒正熟，故邀使君小亭一會。」◎10玄德心神方定。

隨至小亭，已設樽俎※2，盤致青梅。一樽煮酒，二人對坐，開懷暢飲。酒至半酣，忽陰雲漠漠，驟雨將至。從人遙指天外龍挂※3。操與玄德憑欄觀之。◎11

操曰：「使君知龍之變化否？」玄德曰：「未知其詳。」操曰：「龍能大能小，能升能隱。大則興雲吐霧，

◆望梅止渴。曹操可以稱得上是一個心理大師。（鄧嘉德繪）

小則隱芥藏形，升則飛騰於宇宙之間，隱則潛伏於波濤之內。方今春深，龍乘時變化；猶人得志，而縱橫四海。龍之爲物，可比世之英雄。玄德久歷四方，必知當世英雄，請試指言之！」◎12

玄德曰：「備肉眼，安識英雄？」◎13操曰：「休得過謙！」玄德曰：「備叨恩庇，得仕於朝；天下英雄，實有未知。」操曰：「既不識其面，亦聞其名。」

玄德曰：「淮南袁術，兵糧足備，可謂英雄？」◎14操笑曰：「塚中枯骨，吾早晚必擒之。」玄德曰：「河北袁紹，四世三公，門多故吏。今虎踞冀州之地，部下能事者極多，可謂英雄？」操笑曰：「袁紹色厲膽薄，好謀無斷。幹大事而惜身，見小利而忘命。非英雄也！」

〈評點〉

◎7：玄德種菜是大豪傑作用。（李贄）

◎8：嚇殺。讀者至此，必謂衣帶詔泄矣。（李漁）

◎9：今見此梅，亦還想張濟妻否？（毛宗崗）

◎10：老奸不可測識，一至於此。（李贄）

◎11：儼如一幅畫圖。（毛宗崗）

◎12：從龍說起，漸漸說到英雄，又漸漸說到當世人物，亦如雨之將至而先有雷，雷之將至而先有龍挂也。（毛宗崗）

◎13：一發假呆得妙！（毛宗崗）

◎14：因術稱帝，故首舉術爲問。不知術之龍非眞龍，備之問亦是假問。（毛宗崗）

◆饒河戲曹操臉譜，笑裏藏刀。（毛小雨提供／江西美術出版社）

注釋

※1：學習種菜。

※2：盛酒和盛肉的器皿，常用作宴席的代稱。

※3：即龍捲風。遠遠看去，氣團底部呈漏斗舒卷狀下垂，古人以爲是施雨的龍在下掛吸水。

玄德曰：「有一人，名稱八俊，威鎮九州：劉景升可謂英雄？」操曰：「劉表虛名無實，非英雄也！」◎15玄德曰：「有一人，血氣方剛，江東領袖：孫伯符乃英雄也！」操曰：「孫策藉父之名，非英雄也。」

玄德曰：「益州劉季玉，可謂英雄乎？」操曰：「劉璋雖係宗室，乃守戶之犬耳！何足為英雄。」◎16玄德曰：「如張繡、張魯、韓遂等輩，皆如何？」操鼓掌大笑，曰：「此等碌碌小人，何足挂齒？」

玄德曰：「舍此之外，備實不知。」◎17操曰：「夫英雄者，胸懷大志，腹有良謀；有包藏宇宙之機，吞吐天地之志者也。」玄德曰：「誰能當之？」操以手指玄德，復自指，曰：「今天下英雄，惟使君與操耳！」◎18——玄德聞言，喫了一驚！手中所執匙筯不覺落於地下。◎19時正值天雨將至，雷聲大作，玄德乃從容俯首拾筯，曰：「一震之威，乃至於此。」◎20操笑曰：「丈夫亦畏雷乎？」玄德曰：「聖人迅雷風烈必變※4，安得不畏？」◎21將「聞言失筯」輕輕掩飾過了，操遂不疑玄德。後人有詩讚曰：

◆煮酒論英雄。劉備雖然巧借雷聲成功掩飾自己的失態，日後建立蜀漢，不過從歷史的角度看，曹操更有作為。（鄧嘉德繪）

「勉從虎穴暫棲身，說破英雄驚殺人！巧借聞雷來掩飾，隨機應變信如神。」

天雨方住，見兩個人撞入後園，手提寶劍，突至亭前，左右擋攔不住。操視之，乃關、張二人也。

原來二人從城外射箭方回；聽得玄德被許褚、張遼請將去了，慌忙來相府打聽，聞說在後園，只恐有失，故衝突而入，◎22卻見玄德與操對坐飲酒！

二人按劍而立，操問二人何來？雲長曰：「聽知丞相和兄飲

◆1988年發行的三國故事主題郵票《煮酒論英雄》。(Legacy images 提供)

〈評點〉

◎15：看低世上多少名士。（李漁）

◎16：看低天下多少宗室。（毛宗崗）

◎17：玄德裝呆，孟德賣奸，深淺便自天壤，誰謂孟德奸也？淺人耳。（李贄）

◎18：曹操自已爲英雄，又心畏玄德，以爲英雄；一向只是以心相待，不曾當面說出。今番酒後，不覺一語道破。（毛宗崗）

◎19：半晌裝呆，卻被一語道破，安得不驚！（毛宗崗）

◎20：爲甚說破英雄，便爾舉止失措？曹操多心，安得不疑？虧此一語，隨機應變。平白的揜飾過去。（毛宗崗）

◎21：淡語瞞過。（李漁）

◎22：好兄弟。（李漁）

注釋

※4：語出《論語．鄉黨》，說孔子遇到疾雷暴風，必定要改變容色，表示對上天的敬畏。迅雷風烈，即迅雷烈風，這是爲了錯綜成文的一種變例的修辭。

◆清康熙年間緙絲三國故事「煮酒論英雄」。（《百姓收藏圖鑑：織繡》，湖南美術出版社提供）

酒，特來舞劍，以助一笑。」操笑曰：「此非鴻門會※5，安用項莊、項伯乎？」◎23玄德亦笑！操命取酒與「二樊噲」壓驚，關、張拜謝。

須臾，席散，玄德辭操而歸。雲長曰：「險些驚殺我二個！」玄德以落筯事說與關、張。關、張問是何意？玄德曰：「吾之學圃，正欲使操知我無大志。◎24不意操竟指我爲英雄，我故失驚落筯。又恐操生疑故借懼雷以掩飾之耳！」◎25關、張曰：「兄眞高見！」

操次日又請玄德。正飲間，人報滿寵去探聽袁紹而回。操召入問之，寵曰：「公孫瓚已被袁紹破了。」

玄德急問曰：「願聞其詳！」◎26寵曰：「瓚與紹戰不利，築城圍圈，圈上建樓高十丈，名曰『易京樓』，積粟三十萬以自守，戰士出入不息。或有被紹圍者，眾請救之，瓚曰：『若救一人，後之戰者只望人救，不肯死戰矣！』遂不肯救。◎27因此袁紹軍來，多有降之者。瓚勢孤，使人持書赴許都求援，不意中途爲紹軍所獲。瓚又遣書張燕，暗約舉火爲號，裏應外合。下書人又被袁紹擒住，卻來城外放火誘敵。瓚自出戰，伏兵四起，軍馬折其大半。退守城中。被袁紹穿地直入瓚所居之樓下，放起火來。瓚無路走，先殺妻子，然後自縊，全家都被火焚了。◎28今袁紹得了瓚軍，聲勢甚盛。紹弟袁術在河南驕奢過多，不恤軍民，眾皆背反。術使人歸帝號於袁紹。紹欲取玉璽，術約親自送至。見今棄淮南欲歸河北。若二人協力，急難收復，乞丞相作急圖之。」◎29

玄德聞公孫瓚已死，追念借兵，薦己之恩，不勝感傷；又不知趙子龍如何下

〈評點〉

◎23：不必說破更好。（李贄）

◎24：前日不說明，今日補解之。（毛宗崗）

◎25：於玄德口中，將前文下一註腳。（毛宗崗）

◎26：前磐河之戰，玄德曾救公孫。此處不得不急問！（毛宗崗）

◎27：瓚之失事，在此！（毛宗崗）

◎28：大是史筆。（李贄）

◎29：只探聽袁紹，忽插入袁術，妙。（李漁）

注釋

※5：指充滿陰謀和殺機的宴會。秦漢之際劉邦和項羽爭霸，二人曾在鴻門（今陝西臨潼東）相會，宴間，范增使項莊舞劍，意欲刺殺劉邦；而項伯也起而舞劍，意在保護劉邦。後樊噲闖入，救劉邦得免於難。

落，放心不下。因暗想曰：「我不就此時尋個脫身之計，更待何時？」遂起身，對操曰：「術若投紹，必從徐州過。備請一軍，就半路截擊，術可擒矣。」◎30操笑曰：「來日奏帝，即便起兵。」

次日，玄德面奏君。操令玄德總督五萬人馬，又差朱靈、路昭二人同行。玄德辭帝，帝泣送之。

玄德到寓，星夜收拾軍器鞍馬，挂了將軍印，催促便行；董承趕出十里長亭來送，玄德曰：「國舅忍耐！某此行必有以報命。」承曰：「公宜留意，勿負帝心。」二人分別。

關、張在馬上問曰：「兄今番出征，何故如此慌速？」玄德曰：「吾乃籠中鳥，網中魚。此一行如魚入大海，鳥上青霄，不受籠網之羈絆也。」因命關、張催朱靈、路昭軍馬速行。

時郭嘉、程昱考較錢糧方回，◎31知曹操已遣玄德進兵徐州，慌入諫曰：「丞相何故令劉備督軍？」操曰：「欲截袁術耳。」程昱曰：「昔劉備爲豫州牧時，某等請殺之，丞相不聽。今日又與之兵，此『放龍入海』，『縱虎歸山』也。後欲治之，其可得乎？」◎32郭嘉曰：「丞相縱不殺備亦不當使之去，古人云：『一日縱敵，萬世之患。』望丞相察之。」操然其言；遂令許褚將兵五百前往，務要追玄德轉來。許褚應諾而去。

卻說玄德正行之間，只見後面塵頭驟起，謂關、張曰：「此必曹兵追至也！」遂下了營寨，令關、張各執軍器立於兩邊。◎33許褚至，見嚴兵整甲，乃下馬入營見玄德。玄德曰：「公來此何幹？」褚曰：「奉丞相命，特請將軍回去，別有商議。」

玄德曰：「『將在外，君命有所不受。』吾面過君，又蒙丞相鈞語，今別無他議，公可速回，爲我稟覆丞相。」◎34許褚尋思：「丞相與他一向交好。今番又不曾教我來廝殺，只得將他言語回覆，另候裁奪便了。」遂辭了玄德領兵而回。回見曹操，備述玄德之言。操猶豫未決……程昱、郭嘉曰：「備不肯回兵，可知其心變。」操曰：「我有朱靈、路昭二人在彼，料玄德未必敢心變。況我既遣之，何可復悔？」遂不復追玄德。◎35——後人有詩嘆玄德曰：

「束兵秣馬去匆匆，心念天言衣帶中。撞破鐵籠逃虎豹，頓開金鎖走蛟龍。」

〈評點〉

◎30：玄德思脫身矣。（李贄）

◎31：虧得二人出外，玄德故能脫然而去。（毛宗崗）

◎32：遲了。（李贄）

◎33：如欲廝殺狀。掩卷猜之，必謂下文與許褚交戰矣！（毛宗崗）

◎34：停當停當。（李贄）

◎35：阿瞞不當一愚至此。（李漁）

卻說馬騰見玄德已去，邊報又急，亦回西涼州去了。玄德兵至徐州，刺史車冑出迎。公宴畢，孫乾、糜竺等都來參見。玄德回家，探視老小。一面差人探聽袁術。

探子回報：「袁術奢侈太過，雷薄、陳蘭皆投嵩山去了。術聲勢已衰，乃作書讓帝號於袁紹。紹命人召術，術乃收拾人馬、宮禁御用之物，先到徐州來。」玄德知袁術將至，乃引關、張、朱靈、路昭五萬軍出征，正迎著紀靈至。

張飛更不打話，直取紀靈，鬬無十合，張飛大喝一聲，刺紀靈於馬下。◎36敗軍奔走，袁術自引軍來鬬，玄德分兵三路，朱靈、路昭在左，關、張在右，玄德自引兵居中，與術相見，在門旗下責備曰：「汝反逆不道。吾今奉明詔，前來討汝！汝當束手受降，免你罪犯。」

袁術罵曰：「織蓆編屨小輩，安敢輕我？」◎37麾兵趕來，玄德暫退，讓左右兩路軍殺出，殺得術軍尸橫徧野，血流成渠；士卒逃亡，不可勝計。又被嵩山雷薄、陳蘭劫去錢糧草料；欲回壽春，又被群盜所襲。只得住於江亭。止有一千餘眾，皆老弱之輩。

時當盛暑，糧食盡絕；只剩麥三十斛，分派軍士，家人無食，多有餓死者。術嫌飯粗，不能下咽，乃命庖人取蜜水止渴；庖人曰：「止有血水！安得蜜水？」術坐於床上，大叫一聲；倒於地下，吐血斗餘而死。◎38時建安四年六月也。後人有

◆甘肅隴東環縣，根據《三國演義》改編的皮影折子戲《桃園結義》。（巴圖特／fotoe提供）

詩曰：

「漢末刀兵起四方，無端袁術太猖狂！不思累世為公相，便欲孤身作帝王；
強暴枉誇傳國璽，驕奢妄說應天祥，渴思蜜水無由得，獨臥空床嘔血亡。」

袁術已死。姪袁胤將靈柩及妻子奔廬江來，被徐璆盡殺之。璆奪得玉璽，赴許都獻於曹操。操大喜，封徐璆為高陵太守，此時玉璽歸操。◎39

卻說玄德知袁術已喪，寫表申奏朝廷，書呈曹操，令朱靈、路昭回許都，留下軍馬保守徐州。一面親自出城招諭流散人民復業。◎40

卻說朱靈、路昭回許都見曹操，說玄德留下軍馬。操怒，欲斬二人；荀彧曰：「權歸劉備，二人亦無奈何！」操乃赦之。彧又曰：「可寫書與車冑，就內圖之。」

操從其計，暗使人來見車冑，傳操鈞旨，冑隨即請陳登商議此事。登曰：「此事極易。今劉備出城安民，不日將還。將軍可命軍士伏於甕城※6邊，只作接他；待馬到來，一刀斬之。某在城上射住後軍，大事濟矣！」冑從之。

〈評點〉

◎36：看紀靈如此無用，知轅門射紛時，玄德非真了不得，而必望呂布救之也。（毛宗崗）
◎37：還是虎牢關前面孔，今日恐用不著。（毛宗崗）
◎38：此驕奢之報，可作一段因果看。（李漁）
◎39：玉璽歸操，此中亦有天意否乎？（李贄）
◎40：愛民是玄德第一作用。（毛宗崗）

注釋

※6：城門外防護城門的小城叫甕城。

陳登回。見父陳珪，備言其事。珪命登先往報知玄德。登領父命，飛馬去報。◎41正迎著關、張，報說：「如此，如此。」——原來關、張先回，玄德在後。張飛聽得，便要去廝殺！雲長曰：「他伏甕城邊待我，去必有失。我有一計，可殺車冑——乘夜扮做曹軍到徐州，引車冑出迎，而襲殺之！」◎42飛然其言，那部下軍原有曹操旗號，衣甲都同。

當夜三更，到城邊叫門。城上問：「是誰？」眾應：「是曹丞相差來，張文遠的人馬。」報知車冑。冑急請陳登，議曰：「若不迎接，誠有疑；若出迎之，又恐有詐。」冑乃上城，回言：「黑夜難以分辨，待明早相見。」◎43城下答應：「只恐劉備知道，疾快開門。」車冑猶豫未定，城外一片聲叫：「開門！」

車冑披挂上馬，引一千軍出城，跑過弔橋，大叫：「文遠何在？」火光中，只見雲長提刀縱馬，直迎車冑，大叫曰：「匹夫安敢懷詐，欲殺吾兄？」車冑大驚！戰未數合，遮攔不住，撥馬便回。到弔橋邊，城上陳登亂箭射下！車冑繞城而走。雲長趕來，手起一刀砍於馬下，◎44割下首級提回，望城上呼曰：「反賊車冑，吾已殺之！眾等無罪，投降免死。」諸軍倒戈投降，軍民皆安。

雲長將冑頭去迎玄德，具言車冑欲害之事，今已斬首。玄德大驚！曰：「曹操若來，如之奈何？」◎45雲長曰：「弟與張飛迎之。」◎46玄德懊悔不已。遂入徐州，百姓父老伏道而接。

◆安徽亳州三國運兵地道口曹操手書「袞雪」碑。（矗鳴／fotoe提供）

玄德到府，尋張飛。飛已將車冑全家殺盡。玄德曰：「殺了曹操心腹之人，曹操如何肯休？」陳登曰：「某有一計，可退曹操！」正是：

「既把孤身離虎穴，還將妙計息狼煙※7。」

不知陳登說出甚計來？且聽下文分解。

〈評點〉

◎41：曹操寫書與車冑，而不寫書與陳登父子者，以其素與玄德相善故耳。車冑無謀，乃反與登商議，宜其死也！（毛宗崗）

◎42：妙策。（李贄）

◎43：車冑此時頗有主意。曹操所以託爲心腹。（毛宗崗）

◎44：陳登本欲先報玄德，關、張卻先斬車冑。變幻之極！（毛宗崗）

◎45：是深心人。（毛宗崗）

◎46：是直心人。（毛宗崗）

◆關公賺城斬車冑。城上亂箭射下，車冑無法入城，被關羽追殺。(fotoe提供)

注釋

※7：據說將狼糞曬乾後燃燒，煙直不散，因此古代軍中用作軍情告急的烽火。後來常用狼煙代指戰爭。

第二十二回　曹袁各起馬步三軍　關張共擒王劉二將

卻說陳登獻計於玄德曰：「曹操所懼者袁紹。紹虎踞冀、青、幽、并諸郡，帶甲百萬，文官武將極多。今何不寫書遣人到彼求救？」◎1

玄德曰：「紹向與我未通往來，今又新破其弟，安肯相助？」登曰：「此間有一人，與袁紹三世通家，若得其一書致紹，紹必來相助。」玄德問：「何人？」登曰：「此人乃公平日所折節敬禮者，何故忘之？」玄德猛省，曰：「莫非鄭康成先生乎？」◎2登笑曰：「然也！」

原來鄭康成名玄，好學多才，嘗受業於馬融。融每當講學，必設絳帳，前聚生徒，後陳聲妓，侍女環列左右。玄往聽講三年，目不邪視，◎3融甚奇之。及學成而歸，融歎曰：「得我學之秘者，惟鄭玄一人耳。」

玄家中侍婢俱通毛詩，一婢嘗忤玄意，玄命長跪階前，一婢戲之曰：「胡為乎泥中？」此婢應聲曰：「薄言往愬，逢彼之怒。※1」其風雅如此。◎4

桓帝朝，玄官至尚書。後因十常侍之亂；棄官歸田，居於徐州。玄德在涿郡

鄭康成

◆鄭玄（127～200），字康成，北海高密（今山東高密西南）人。東漢末年經學大師，遍注儒家經典，以畢生精力整理古代文化遺產，使經學進入了一個「小統一時代」，其注釋長期被封建王朝作為官方教材。（清・潘畫堂繪／上海書畫出版社提供）

時曾師事之。◎5及爲徐州牧，時時造廬請教，敬禮特甚。——當下玄德想出此人，大喜，便同陳登親至鄭玄家中，求其作書。玄概然依允，寫書一封，付與玄德。玄德便差孫乾，星夜齎往袁紹處投遞。

紹覽畢，自忖曰：「玄德攻滅吾弟，本不當相助。但重以鄭尚書命，不得不往救之！」遂聚文武官，商議興兵伐曹操。

謀士田豐曰：「兵起連年，百姓疲弊，倉廩無積，不可復興大軍。宜先遣人獻捷天子。若不得通，乃表稱曹操隔我王路，然後提兵屯黎陽；更於河內增益舟楫，繕置軍器，分遣精兵，屯箚邊鄙。三年之中，大事可定也。」◎6

謀士審配曰：「不然！以明公之神武，撫河、朔之強盛，興兵討曹賊，易如反掌。何必遷延日月？」◎7

〈評點〉

◎1：陳登偏計及此，妙。（李漁）
◎2：不用陳登說出，卻用玄德想出。（毛宗崗）
◎3：風流先生偏有此道學門生。（毛宗崗）
◎4：忙中夾敘此一段閑文，趣甚。（毛宗崗）
◎5：與第一卷中照應，又如十丈游絲至此一落。（毛宗崗）
◎6：一個不要興兵，是意在緩戰。（毛宗崗）
◎7：一個要興兵，是以勢言，意在速戰。（毛宗崗）

◆東漢儒家授經畫像磚，1968年山東諸城前涼臺出土。（fotoe提供）

注釋

※1：《詩經・邶風・式微》及《柏舟》中的詩句。這裏是說兩個使女都通《詩》學，能借用裏面的成語來取笑對答。上句是問：「爲什麼跪在地上？」下兩句是答：「向他報告事情，正碰上他惱火。」

謀士沮受曰：「制勝之策？不在強盛，曹操法令既行，士卒精練，比公孫瓚坐受困者不同。今棄獻捷良策，而興無名之兵，竊以爲明公不取。」◎8

謀士郭圖曰：「非也！兵加曹操豈曰無名？公正當及時早定大業。願從鄭尚書之言，與劉備共仗大義，剿滅曹賊。上合天意，下合民情。實爲幸甚！」◎9

◆沮授（？～201），東漢末冀州廣平人。先為冀州刺史韓馥部下擔任別駕，後跟隨袁紹擔任監軍、奮威將軍。袁紹兵敗後被曹操所殺。（fotoe提供）

四人爭論未定，袁紹躊躇未決。◎10忽許攸、荀諶自外而入，紹曰：「二人多有見識，且看如何主張。」二人施禮畢，紹曰：「鄭尚書有書來，令我起兵助劉備，攻曹操。起兵是乎？不起兵是乎？」

二人齊聲應曰：「明公以眾克寡，以強攻弱。討漢賊以扶漢室。起兵是也！」

紹曰：「二人所見，正合我心。」便商議興兵。◎11先令孫乾回報鄭玄，并約玄德準備接應，一面令審配、逢紀爲統軍，田豐、荀諶、許攸爲謀士，顏良、文醜爲將軍；起馬軍一十五萬，步兵一十五萬，共精兵三十萬，望黎陽進發。

分撥已定，郭圖進曰：「以明公大義伐操，必須數操之惡，馳檄各郡，聲罪致討，然後名正言順。」◎12紹於是從之，遂令書記陳琳草檄──琳字孔璋，素有才名。桓帝時爲主簿。因諫何進不聽，復遭董卓之亂，避難冀州，紹用爲記室。──當下令草檄，援筆立就。其文曰：

蓋聞：明主圖危以制變，忠臣慮難以立權。是以有非常之人，然後有非常之事；有非常之事然後立非常之功──夫非常者，固非常人所擬也。

曩者強秦弱主，趙高執柄；專制朝權，威福由己，時人迫脅，莫敢正言。終有望夷之敗※2，祖宗焚滅，汙辱至今，永爲世鑒。及臻呂后季年，產、祿專政，內兼二軍，外統梁、趙，擅斷萬機，決事省禁；下陵上替，海內寒心。於是絳侯、朱虛興威奮怒，誅夷逆暴，尊立太宗※3；故能王道興隆，光明顯融。此則大臣立權之明表也。◎13

〈評點〉

◎8：又一個不要興兵，意在不戰。（毛宗崗）

◎9：又一個要興兵，是以理言，意在宜戰。（毛宗崗）

◎10：沒主意！（毛宗崗）

◎11：袁紹主意也無，如何成得大事耳？（李贄）

◎12：只因郭圖數語，引出一篇絕世妙文來。（毛宗崗）

◎13：以上泛論往昔，以下方入本題。（毛宗崗）

◆陳琳（？～217），字孔璋，廣陵（今江蘇江都）人。曾為袁紹掌管過書記，後歸附曹操。「建安七子」之一。有《陳記室集》。詩、文、賦皆能，詩歌代表作為《飲馬長城窟行》，描寫繁重的勞役給廣大人民帶來的苦難，頗具現實意義。（葉雄繪）

注釋

※2：望夷，秦宮名。秦二世寵用宦官趙高，由趙高執掌大權。後來，二世被他所迫，自殺於望夷宮。

※3：漢高祖劉邦死後，他的妻子呂后發動她的侄子呂產、呂祿等領兵輔政，想奪取皇位。大臣絳侯周勃和朱虛侯劉章聯合，用計殺死呂產，迎立漢高祖的兒子劉恆做皇帝，即漢文帝。「太宗」，是文帝的廟號。

司空曹操，祖父中常侍騰，與左悺、徐璜※4並作妖孽，饕餮放橫，傷化虐民。父嵩乞匄攜養，因贓假位；輿金輦壁，輸貨權門，竊盜鼎司，傾覆重器。◎14操贅閹遺醜，本無懿德；僄狡鋒狹，好亂樂禍。

幕府※5董統鷹揚，掃除兇逆。續遇董卓，侵官暴國；於是提劍揮鼓，發命東夏，收羅英雄。棄瑕取用，故遂與操同諮合謀，授以裨師，謂其鷹犬之才可任；◎15至乃愚佻短略，輕進易退，傷夷折衄，數喪師徒。幕府輒復分兵命銳，修完補輯。表行東郡，領兗州刺史，被以虎文，獎成威柄，冀獲秦師一尅之報※6。◎16而操遂承資跋扈，恣行凶忒；割剝元元，殘賢害善。

故九江太守邊讓，英才俊偉，天下知名；直言正色，論不阿諂，身首被梟懸之誅，妻孥受灰滅之咎。自是士林憤痛，民怨彌重；一夫奮臂，舉州同聲。

故躬破於徐方，地奪於呂布。彷徨東裔，蹈據無所。幕府惟強幹弱枝之義，且不登叛人之黨，故復援旌擐甲，席捲赴征。金鼓響振，布眾奔沮。拯其死亡之患，復其方伯之位。◎17則幕府無德於兗土之民，而有大造於操也。

後會鑾駕東反，群賊亂政。時冀州方有北鄙之警，匪遑離局，故使從

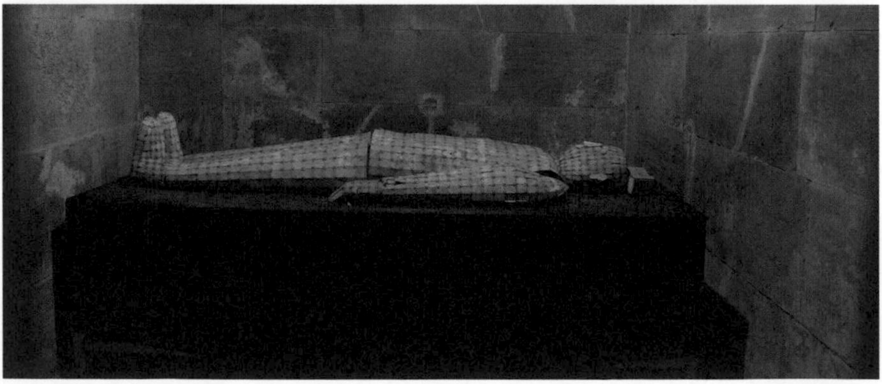

◆安徽亳州曹操祖父曹騰墓，地宮墓室內景。（聶鳴／fotoe提供）

事中郎徐勛，就發遣操，使繕修郊廟，翊衛幼主。操便放志，專行脅遷。當御省禁，卑侮王室，敗法亂紀；坐領三臺，專制朝政；爵賞由心，刑戮在口。所愛光五宗，所惡滅三族，群談者受顯誅，腹誹者蒙隱戮。百寮鉗口，道路以目。尚書記廟會，公卿充員品而已。

故太尉楊彪，典歷二司※7，享國極位；操因緣睚眥，被以非罪，榜楚參并，五毒備至。觸情任忒，不顧憲綱。又議郎趙彥，忠諫直言，義有可納。是以聖朝含聽，改容加錫。操欲迷奪時權，杜絕言路，擅收立殺，不俟報聞。又梁孝王，先帝母昆※8，墳陵尊顯。桑梓松柏，猶宜肅恭。而操率將校吏士，親臨發掘；破棺裸屍，掠取金寶。至今聖朝流涕，士民傷懷！

又特置「發丘中郎將」、「摸金校尉」。所過隳突，無骸不露。身處三公之位，而行盜賊之態，污國害民，毒施人鬼。◎18加其細政慘苛，科防互設。罾繳充蹊，

〈評點〉

◎14：以上罵其父，紹自以四世三公家世甚美，故先將曹氏家世醜詆一番。（毛宗崗）

◎15：本是操先起兵，請紹爲盟主。今反說紹自起兵，用操爲偏將。此文人曲筆也。（毛宗崗）

◎16：此言紹第二番不棄曹操。（毛宗崗）

◎17：此言紹第三番不棄曹操。（毛宗崗）

◎18：操初時無賴，後頗好名，深諱前事。今斥言之，安得不汗下乎？（毛宗崗）

注釋

※4：東漢時三個專權用事的宦官。

※5：本指將帥辦公的地方，這裏是袁紹自稱的代用詞。

※6：春秋時，秦國的大夫孟明領兵作戰，被晉國打敗了；但秦君未加懲罰，希望他將來能報仇。後來，他果然戰勝了晉國。

※7：太尉、司徒、司空合稱三公，是東漢最高的官位。楊彪在任太尉前，歷任司空、司徒，所以這裏說他「典歷二司」。

※8：梁孝王劉武，是漢文帝的兒子，與兄長漢景帝同爲竇太后所出。先帝，指景帝。母昆，同胞兄弟。

坑阱塞路。舉手挂網羅，動足觸機陷。是以兗、豫有無聊之民，帝都有吁嘆之怨。歷觀載籍，無道之臣貪殘酷烈，於操爲甚。◎19

幕府方詰外姦，未及整訓。加緒含容，冀可彌縫。◎20而操豺狼野心，潛包禍謀；乃欲摧撓棟樑，孤弱漢室，除滅忠正，專爲梟雄。——往昔伐鼓北征公孫瓚，強寇桀逆，拒圍一年。操因其未破，陰交書命，外助王師，內相掩襲，故引兵造河。方舟北濟，會其行人※9發露，瓚亦梟夷。故使鋒芒挫縮，厥圖不果。爾乃大軍過蕩西山，屠各左校，皆束手奉質，管爲前登。犬羊殘醜，消淪山谷。於是操師震慴，晨夜，逍遁，◎21今乃屯據敖倉，阻河爲固。欲以螳螂之斧，禦隆車之隧。

幕府奉漢威靈，折衝宇宙。長戟百萬，驍騎千群。奮中黃、育、獲之士※10，騁良弓勁弩之勢。并州越太行，青州涉濟漯，大軍汎黃河以角其前，荊州下宛、葉而犄其後，雷震虎步，並集虜廷。若舉炎火以焫飛蓬，覆滄海以沃熛炭。有何不滅者哉？◎22

又操軍吏士，其可戰者，皆出自幽、冀。或故營部曲，咸怨曠思歸，流涕北顧。其餘兗、豫之民，乃呂布、張揚之遺衆，覆亡迫脅，權時苟從；各被創夷，人爲讎敵。若迴旆反徂，登高崗而擊鼓吹，揚素揮以啓降路，必土崩瓦解，不俟血刃。

方今漢室陵遲，綱維弛絕。聖朝無一介之輔，股肱無折衝之勢。方畿之內，簡

練之臣皆垂頭搨翼，莫所憑恃。雖有忠義之佐，脅於暴虐之臣，焉能展其節？又操持部曲精兵七百，圍守宮闕。外託宿衛，內實拘執。懼其篡逆之萌，因斯而作。此乃忠臣肝腦塗地之秋，烈士立功之會。可不勗哉！◎23

操又矯命稱制，遣使發兵。恐邊遠州郡，過聽給與；違眾旅叛，舉以喪名，爲天下笑，則名哲不取也！◎24

即日幽、并、青、冀四州並進。書到。荊州便勒見兵，與建忠將軍※11，協同聲勢。◎25州郡各整義兵，羅落境界，舉武揚威，並匡社稷，則非常之功，於是乎著。◎26

其得操首者，封五千戶侯，賞錢五千萬。部曲偏裨校諸吏，降者勿有所問。廣宣恩信，班揚符賞，布告天下；咸使知聖朝有拘迫之難，如律令。

〈評點〉

◎19：三句將前文一總。（毛宗崗）

◎20：言紹至此猶不棄操，頓筆，絕佳。（毛宗崗）

◎21：以上言紹屢次包容曹操，而操無禮特甚，是直在我而曲在彼也。（毛宗崗）

◎22：前言我直彼曲，是理勝。此言我強彼弱，是勢勝也。（毛宗崗）

◎23：此言操有篡逆之漸，理又難容。語殊悲壯！（毛宗崗）

◎24：此段絕彼之黨。（毛宗崗）

◎25：建忠將軍指張繡，言荊州劉表已與張繡勒兵來助矣！（毛宗崗）

◎26：此段廣我之助，又應起處「非常之人立非常之功」意。（毛宗崗）

注釋

※9：官名。負有某種使命被派出外聯絡、交涉的人員。

※10：中黃伯、夏育、烏獲，都是古代以武勇著稱的大力士。

※11：指張繡，官建忠將軍。當時駐紮在宛城。

紹覽檄大喜，即命使將此檄遍行州郡，並於各處關津隘口張挂。

檄文傳至許都，時曹操方患頭風，臥病在床。◎27左右將此檄傳進。操見之，毛骨悚然，出了一身冷汗，不覺頭風頓愈，從床上一躍而起，◎28顧謂曹洪曰：「此檄何人所作？」洪曰：「聞是陳琳之筆。」操笑曰：「有文事者，必須以武略濟之。陳琳文字雖佳，其如袁紹武略之不足何？」遂聚眾謀士商議迎敵。孔融聞之，來見操曰：「袁紹勢大，不可與戰，只可與和。」荀彧曰：「袁紹無用之人，何必議和？」

融曰：「袁紹士廣民強，其部下如許攸、郭圖、審配、逢紀，皆智謀之士，田豐，沮受皆忠臣也；顏良、文醜，勇冠三軍。其餘高覽、張郃、淳于瓊等，俱世之名將。何謂紹爲無用之人乎？」◎29彧笑曰：「紹兵多而不整，田豐剛而犯上，許攸貪而不智，審配專而無謀，逢紀果而無用；此數人者，勢不相容，必生內變。◎30顏良、文醜，匹夫之勇，一戰可擒；其餘碌碌等輩，縱有百萬，何足道哉？」孔融默然。

◆袁曹各起馬步三軍。陳琳的檄文成為曹操的良藥，令他頭風頓癒。(fotoe提供)

操大笑曰：「皆不出荀文若之料。」遂喚前軍劉岱、後軍王忠，引兵五萬，打著丞相旗號，去徐州攻劉備。——原來劉岱舊爲兗州刺史，及操取兗州，岱降於操，操用爲偏將，故今差他與王忠一同領兵。——操卻自引大軍二十萬，進黎陽拒袁紹。

程昱曰：「恐劉岱、王忠不稱其使！」操曰：「吾亦知非劉備敵手，◎31權且虛張聲勢。」吩咐：「不可輕進。待我破紹，再勒兵破備。」劉岱、王忠領兵去了。

曹操自引兵至黎陽，兩軍隔八十里，各自深溝高壘，相持不戰，自八月守至十月。——原來許攸不樂審配領兵，沮受又恨紹不用其謀；各不相和，不圖進取。◎32袁紹心懷疑惑，不思進兵。——操乃喚呂布手下降將臧霸把守青、徐，于禁、李典屯兵河上，曹仁總督大軍，屯於官渡。操自引一軍，竟回許都。◎33

〈評點〉

◎27：「頭風」二字，近爲吉平事作引，遠爲華陀事伏線。（毛宗崗）

◎28：陳琳之文，勝以華陀之藥。（毛宗崗）

◎29：孔融此時便有左袒袁紹之意，爲後文曹操殺融伏線。（毛宗崗）

◎30：歷言眾謀士之短，卻言有當，可見知己知彼。（李漁）

◎31：爲後二人被擒伏線。（毛宗崗）

◎32：因袁紹無主張以致如此，奈何奈何。（李贄）

◎33：袁、曹究竟未曾交手。（毛宗崗）

且說：劉岱、王忠引軍五萬，離徐州一百里下寨。中軍虛打「曹丞相」旗號，未敢進兵，只打聽河北消息。這裏玄德也不知曹操虛實，未敢擅動，亦只打聽河北。忽曹操差人催劉岱、王忠進戰，二人在寨中商議。

岱曰：「丞相催促攻城，你可先去！」王忠曰：「丞相先差你！」岱曰：「我是主將，如何先去？」◎34忠曰：「我和你同引兵去。」岱曰：「我與你拈鬮，拈著的便去。」◎35王忠拈著「先」字，只得分一半軍馬來攻徐州。

玄德聽知軍馬到來，請陳登商議，曰：「袁本初雖屯兵黎陽，奈謀臣不和，尚未進取；曹操不知在何處，聞黎陽軍中無操旗號，如何這裏卻反有他旗號？」登曰：「操詭計百出。必以河北爲重，親自監督，卻故意不建旗號，乃於此處虛張旗號。吾意操必不在此！」◎36

玄德曰：「兩弟誰可探聽虛實？」張飛曰：「小弟願往！」玄德曰：「汝爲人暴躁，不可去。」飛曰：「便是有曹操，也拏將來。」雲長曰：「待弟往觀其動靜！」玄德曰：「雲長若去，我卻放心。」於是雲長引三千人馬出徐州來。

時值初冬，陰雨布合，雪花亂飄，軍馬皆冒雪布陣。雲長驟馬提刀而出，◎37大叫：「王忠打話！」忠出曰：「丞相到此，緣何不降？」雲長曰：「請丞相出陣！我自有話說。」忠曰：「丞相豈肯輕見你？」雲長大怒，驟馬向前，王忠挺槍來迎，兩馬相交。雲長撥馬便走，王忠趕來。轉過山坡，雲長回馬，大叫一聲！舞刀直取！王忠攔截不住，恰待驟馬奔逃，雲長左手倒提寶刀，右手揪住王忠勒甲絛，拖下鞍轎，橫擒於馬上，回本陣來。◎38王忠軍四散奔走。

雲長押解王忠回徐州見玄德，玄德問：「爾乃何人，現居何職？敢詐稱曹丞相？」忠曰：「焉敢有詐？奉命教我虛張聲勢，以爲疑兵。丞相實不在此！」◎39玄德教付衣服酒食，且暫監下，待捉了劉岱，再作商議。

雲長曰：「某知兄有和解之意，故生擒將來。」玄德曰：「吾恐翼德躁暴，殺了王忠，故不教去！此等人殺之無益，留之可爲解和之地。」◎40張飛曰：「二哥捉了王忠，我去生擒劉岱來。」玄德曰：「劉岱昔爲兗州刺史，虎牢關伐董卓時，也是一鎮諸侯。今日爲前軍，不可輕敵。」飛曰：「量此輩何足道哉？我也似二哥生擒將來便了。」玄德曰：「只恐壞

〈評點〉

◎34：二人互相推諉，亦如審配、許攸等互相疑沮，竟是一樣局面。好笑。（毛宗崗）

◎35：可憐。（李贄）

◎36：登之料操，亦如彧之料紹。（毛宗崗）

◎37：想見赤面綠袍人在雪光中，分外照耀。（毛宗崗）

◎38：王忠直如此易捉，可笑！（毛宗崗）

◎39：老實人是沒用人也。（李漁）

◎40：此時尚欲求和，以袁紹既不決戰，而自審其力，未足拒操也。（毛宗崗）

◆洛陽朱村東漢墓壁畫御車圖。此為墓室壁畫出行圖中的第一乘導車。轅車之上坐三人，中為御車者，手拉轡繩，左右各坐一位武士，持戈前望。（fotoe提供）

◆河南省許昌市春秋樓內的關公騎馬握刀像。春秋樓又名大節亭，位於許昌市中心文廟前街中段，興於唐、宋，盛於明、清，傳說是關羽讀書的地方。（王立力／fotoe提供）

了他性命，誤我大事。」飛曰：「如殺了，我償他命。」◎41玄德遂與軍三千。飛引兵前進。

卻說劉岱知王忠被擒，堅守不出。張飛每日在寨前叫罵，岱聽知是張飛，越不敢出。

飛守了數日，見岱不出，心生一計——◎42傳令今夜二更去劫寨，日間卻在帳中飲酒，詐醉，尋軍士罪過，打了一頓。縛在營中，曰：「待我今夜出兵時，殺來祭旗。」卻暗使左右縱之去。

軍士得脫，偷走出營，逕往劉岱營中，來報劫寨之事。劉岱見降卒身受重傷，遂聽其說，虛紮空寨，伏兵在外。

是夜。張飛卻分兵三路，中

間使三十餘人劫寨放火；卻教兩路軍抄出他寨後，看火起爲號，夾擊之。二更時分，張飛自引精兵，先斷劉岱後路，中路三十餘人搶入寨中放火。劉岱伏兵恰待殺入，張飛兩路兵齊出；岱軍自亂，正不知飛兵多少？各自潰散。◎43

劉岱引一隊步騎奪路而走，正撞見張飛，狹路相逢，急難回避！交馬只一合，早被張飛生擒過去；餘眾皆降。飛使人先報入徐州。玄德聞之，謂雲長曰：「翼德自來粗莽。今亦用智，吾無憂矣！」乃親自出郭迎之。

飛曰：「哥哥道我躁暴，今日如何？」玄德曰：「不用言語相激，如何肯使機謀？」◎44飛大笑。

玄德見縛劉岱過來，慌忙下馬，解其縛，曰：「小弟張飛誤有冒瀆，望乞恕罪！」遂迎入徐州，放出王忠，一同款待。

〈評點〉

◎41：老張快人。（李贄）

◎42：莽人忽然用計，未嘗莽也。且正妙在以莽惑人也！（毛宗崗）

◎43：前在雪光中照耀赤面，今在火光中照耀黑面；一樣怕人，敵軍安得不潰。（毛宗崗）

◎44：柔人激之者剛，直人激之者反曲。奇甚！（毛宗崗）

◆木偶雕刻三國人物：張飛。（徐竹初刻／上海人民美術出版社）

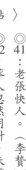

玄德曰：「前因車冑欲害備，故不得不殺之；丞相錯疑備反，遣二將軍前來問罪。備受丞相大恩，正思報效，安敢反耶？二將軍至許都，望善言爲備分訴，備之幸也！」◎45

劉岱、王忠曰：「深荷使君不殺之恩，當於丞相處方便，以某兩家老小保使君。」玄德稱謝。次日，盡還原領軍馬，送出郭外。

劉岱、王忠行不上十餘里，一聲鼓響，張飛攔路，大喝曰：「我哥哥忒沒分曉！捉住賊將，如何又放了!?」諕得劉岱、王忠在馬上發顫。張飛睜眼挺槍趕來，背後一人飛馬大叫：「不得無禮！」

視之，乃雲長也。劉岱、王忠方纔放心！雲長曰：「既兄長放了，吾弟如何不遵法令？」飛曰：「今番放了，下次又來！」雲長曰：「待他再來，殺之未遲！」◎46劉岱、王忠連聲告退曰：「便丞相誅我三族，也不

◆關張共擒王劉二將。張飛用計，警告劉岱、王忠不可復來。（fotoe提供）

來了！望將軍寬恕。」◎47

飛曰：「便是曹操自來，也殺他片甲不回！今番權且寄下兩顆頭……」劉岱、王忠抱頭鼠竄而去！

雲長、翼德回見玄德曰：「曹操必然復來！」孫乾謂玄德曰：「徐州受敵之地，不可久居。不若分兵屯小沛，守邳城，爲犄角之勢，以防曹操。」

玄德用其言，令雲長守下邳，甘、糜二夫人亦於下邳安置。——甘夫人，乃小沛人也。糜夫人乃糜竺之妹也。◎48——孫乾、簡雍、糜竺、糜芳守徐州。玄德與張飛屯小沛。

劉岱、王忠回見曹操，具言「劉備不反」之事，操怒罵：「辱國之徒！留你何用？」喝令左右推出斬之！正是：

「犬豕何堪攖虎鬭，魚蝦空自與龍爭！」

不知二人性命如何？且看下文分解。

〈評點〉

◎45：甘言卑詞，一味虛假。還用「青梅煮酒」時身分。（毛宗崗）

◎46：關、張二人一收一放，定是玄德作用。（毛宗崗）

◎47：至此二人怎不汗下？（李漁）

◎48：忽然夾敘二夫人出處，筆極閒，極警。（毛宗崗）

◆甘夫人（188～209），小沛人，三國時代著名美女之一。劉備之妻，劉禪生母。劉備曾把一尊三尺高的白玉人放在床頭，比喻甘夫人皮膚白皙，甘夫人卻勸劉備不可玩物喪志；被群僚稱譽為「神智婦人」。只活了二十一歲，後被追諡為昭烈皇后。（葉雄繪）

第二十三回　禰正平裸衣罵賊　吉太醫下毒遭刑

卻說：曹操欲斬劉岱、王忠，孔融諫曰：「二人本非劉備敵手；若斬之，恐失將士之心。」操乃免其死，黜罷爵祿。

操欲自起兵伐玄德，孔融曰：「方今隆冬盛寒，未可動兵，待來春未為晚也。◎1可先使人招安張繡、劉表，然後再圖徐州。」操然其言，先遣劉曄往說張繡。曄至襄城，先見賈詡，陳說曹公盛德，詡乃留曄于家中。次日，來見張繡，說曹公遣劉曄招安之事。

正議間，忽報袁紹有使至，繡命入，使君呈上書信，繡覽之，亦是招安之意。詡問來使曰：「近日興兵破曹操，勝負如何？」使曰：「隆冬寒月，權且罷兵。今以將軍與荊州劉表俱有國士之風，故來相請耳。」

詡大笑，曰：「汝可回見本初，道：『汝兄弟尚不能容，何能用天下國士乎？』」當面扯碎書，叱退來使。

張繡曰：「方今袁強曹弱。今毀書叱使，袁紹若至，當如之何？」詡曰：「不如去從曹操！」繡曰：「吾先與操有讎，安得相容？」

詡曰：「從操其便有三：夫曹公奉天子明詔，征伐天下。其宜從『一』也！紹強盛，我以少從之，必不以我爲重；操方弱，得我必喜。其宜從『二』也！◎2曹公五霸之志。必釋私怨，以明德于四海。其宜從『三』也！願將軍無疑焉！」繡從其言，請劉曄相見。

曄盛稱操德，且曰：「丞相若記舊怨，安肯使某來結好將軍乎？」繡大喜，即同賈詡等赴許都投降。

繡見操，拜于階下。操忙扶起，執其手曰：「有小過失，勿記于心。」遂封繡爲揚武將軍，封賈詡爲執金吾使。◎3

操即命繡作書招安劉表。賈詡進曰：「劉景升好結納名流，今必得一有文名之士往說之，方可降耳。」操問荀攸曰：「誰人可去？」攸曰：「孔文舉可當其任。」操然之。

攸出見孔融曰：「丞相欲得一有文名之士，以備行人之選。公可當此任否？」融曰：「吾友禰衡，字正平。其才十倍於我。此人宜在帝左右，不但可備行人而

〈評點〉

◎1：孔融心向玄德，「來春」之說，乃緩詞耳。（毛宗崗）

◎2：今之錦上添花者，好向富厚處納款，不樂向寡乏之處通情。請聽賈詡之論。（毛宗崗）

◎3：操又得一謀士。（毛宗崗）

已。我當薦之天子。」◎4於是遂上表奏帝，其文曰：

臣聞：洪水橫流，帝思俾乂※1；旁求四方，以招賢俊。昔世宗※2繼統，將弘基業；疇咨熙載，群士響臻。

陛下叡聖，纂承基緒。遭遇厄運，勞謙日昃；維嶽降神，異人並出。竊見處士平原禰衡，年二十四，字正平。淑質貞亮，英才卓躒。初涉藝文，升堂覩奧；目所一見，輒誦之口；耳所暫聞，不忘于心。性與道合，思若有神；弘羊潛計，安世默識※3，以衡準之，誠不足怪。忠果正直，志懷霜雪；見善若驚，嫉惡若讎。任座抗行，史魚厲節※4，殆無以過也。◎5鷙鳥累百，不如一鶚。使衡立朝，必有可觀。飛辯騁詞，溢氣坌涌；解疑釋結，臨敵有餘。

昔賈誼求試屬國，詭係單于※5；終軍欲以長纓，牽制勁越※6。弱冠慷慨，前世美之！近日路粹、嚴象，亦用異才，擢拜臺郎。衡宜與爲比。

如得龍躍天衢，振翼雲漢。揚聲紫微，垂光虹蜺。足以昭近署之多士，增四門之穆穆。鈞天廣樂，必有奇麗之觀；帝室皇居，必畜非常之寶。若衡等輩，不可多得。

激楚陽阿，至妙之容，掌伎者之所貪；飛兔腰裹，絕足奔放，良樂之所急也※7。臣等區區，敢不以聞？陛下篤慎取士，必須效試。乞令衡以褐衣召見。如無

◆禰衡（173～198），字正平，平原般（今山東臨邑）人。漢末辭賦家，歸曹操部下，因性格剛毅傲慢，不得重用，被遣送與劉表，又被劉表轉送給黃祖，因冒犯黃祖被殺。代表作《鸚鵡賦》是一篇托物言志之作，抒寫才智之士生於亂世、無法自由展現才能的憤悶心情。（葉雄繪）

可觀采，臣等受面欺之罪。

帝覽表，以付曹操。操遂使人召衡至。禮畢，操不命坐。禰衡仰天嘆曰：「天地雖闊，何無一人也？」◎6

操曰：「吾手下有數十人，皆當世英雄。何謂無人？」衡曰：「願聞！」操曰：「荀彧、荀攸、郭嘉、程昱，機深智遠，雖蕭何、陳平不及也。張遼、許褚、李典、樂進，勇不可當，雖岑彭、馬武不及也。呂虔、滿寵爲從事，于禁、徐晃爲先鋒；夏侯惇天下奇才，曹子孝世間福將。安得無人？」◎7

衡笑曰：「公言差矣！此等人物，吾盡識之。◎8荀彧可使弔喪

◆賈誼（前200～前168），西漢時期洛陽（今河南洛陽）人，世稱賈太傅、賈生、賈長沙。著名文學家、思想家、政治家。漢文帝時力主改革，著有《過秦論》三篇。圖出清末《歷代名臣像解》。（fotoe提供）

〈評點〉

◎4：孔融雖薦，而禰衡竟不爲操所用。（李漁）

◎5：一段美其品。只此數語，便爲禰衡罵曹操張本。（毛宗崗）

◎6：開口便異。（毛宗崗）

◎7：曹操誇謀臣戰將，敘得如此有勢。（李漁）

◎8：禰生亦是大暢人。（李贄）

注釋

※1：有才能的人。

※2：這裡指漢武帝劉徹，「世宗」是他的廟號。

※3：桑弘羊，西漢時的財政官員，善於在心裏計算數目。張安世，西漢時的丞相，記憶力特別強，皇帝遺失了三篋書，他都記得書中的內容。默識，暗中記住的意思。

※4：任座，戰國時魏國的臣子，魏君聽聞批評正在發怒，他卻敢當場再次肯定批評者的言論。史魚，春秋時衛國的大夫，他以死諫諍衛君，阻止衛君任用壞人作大臣。

※5：賈誼，西漢時的政論家。他曾向皇帝說：「如若派我作管理屬國的官，我一定可以制服匈奴的單于，使他聽命。」

※6：終軍，西漢時人。漢與南越（粵）和親，派終軍作使者，他表示將用長繩子把南越王牽引到漢朝來，使他降服。

※7：飛兔、騕褭，都是良馬的名稱。良、樂，指王良、伯樂。伯樂以善於相馬著稱，王良以善於駕車御馬著稱。

問疾，荀攸可作看墳守墓。程昱可使關門閉戶，郭嘉可使白詞念賦。張遼可使擊鼓鳴金，許褚可使牧牛放馬。樂進可使取狀讀詔，李典可使傳書送檄。呂虔可使磨刀鑄劍，滿寵可使飲酒食糟。于禁可使負版築牆，徐晃可使屠豬殺犬。夏侯惇稱爲『完體將軍』，曹子孝呼爲『要錢太守』。其餘皆是衣架飯囊，酒桶肉袋耳！」◎9

操怒曰：「汝有何能？」衡曰：「天文地理，無一不通；三教九流，無所不曉。上可以致君爲堯、舜，下可以配德於孔、顏。◎10豈與俗子共論乎？」時只有張遼在側，掣劍欲斬之。操曰：「吾正少一鼓吏，早晚朝賀燕享。可令禰衡充此職。」◎11衡不推辭，應聲而去。

遼曰：「此人出言不遜，何不殺之？」操曰：「此人素有虛名，遠近所聞。今日殺之，天下必謂我不能容物。彼自以爲能，故令爲鼓吏以辱之！」◎12

來日，操於省廳上大宴賓客，令鼓使撾鼓。舊吏云：「撾鼓必換新衣！」衡穿舊衣而入，遂擊鼓，爲「漁陽三撾」——音節殊妙，淵淵有金石聲。坐客聽之，莫不慷慨流涕。

◆裸衣罵曹。曹操不殺禰衡，固然有其用心，亦顯出其大度的一面。（鄧嘉德繪）

左右喝曰：「何不更衣？」衡當面脫下舊破衣服，裸體而立，渾身盡露。坐客皆掩面；衡乃徐徐著褲，顏色不變。◎13

操叱曰：「廟堂之上，何太無禮？」衡曰：「欺君罔上，乃謂無禮。吾露父母之形，以顯清白之體耳！」

操曰：「汝爲清白，誰爲汙濁？」衡曰：「汝不識賢愚，是『眼濁』也；不讀詩書，是『口濁』也；不納忠言，是『耳濁』也；不通古今，是『身濁』也；不容諸侯，是『腹濁』也；常懷篡逆，是『心濁』也。吾乃天下名士，用爲鼓吏，是猶陽貨輕仲尼，臧倉毀孟子耳。◎14欲成霸王之業，而如此輕人耶？」

時孔融在坐，恐操殺衡，乃從容進曰：「禰衡罪同胥靡※8，不足發明王之夢。」

〈評點〉

◎9：罵得暢快！（毛宗崗）

◎10：異人處，只在此二句。（毛宗崗）

◎11：衡欲使張遼擊鼓鳴金，即以其鄙薄張遼者。命衡也。（毛宗崗）

◎12：奸雄作用，故欲辱衡，誰知反爲衡所辱也。（毛宗崗）

◎13：明明目中無人。（毛宗崗）

◎14：索性罵個盡情絕意，方才暢快。（李漁）

◆清代楊家埠年畫《擊鼓罵曹》。（清末民間年畫，徐震時提供／人民美術出版社）

注釋

※8：服勞役的囚徒。

操指衡而言曰：「令汝往荊州爲使。如劉表來降，便用汝作公卿。」衡不肯往，操教備馬三匹，令二人扶挾而行。卻教手下文武整酒於東門外送之。荀彧曰：「如禰衡來，不可起身……」衡至。下馬入見，眾皆端坐。衡放聲大哭！荀彧問曰：「何爲而哭？」衡曰：「行於死柩之中，如何不哭？」◎15眾皆曰：「吾等是死屍，汝乃無頭狂鬼耳！」衡曰：「吾乃漢朝之臣，不作曹瞞之黨，安得無頭？」眾欲殺之，荀彧急止之曰：「量鼠雀之輩，何足汙刀？」衡曰：「吾乃鼠雀，尚有人性。汝等只可謂之蜾蟲！」◎16眾恨而散。

衡至荊州。見劉表畢，雖有頌德，實譏諷。表不喜，◎17令去江夏見黃祖。或

◆清康熙年間緙絲三國故事「擊鼓罵曹」。（《百姓收藏圖鑑：織繡》，湖南美術出版社提供）

問表曰：「禰衡戲謔主公，何不殺之？」表曰：「禰衡數辱曹操，操不殺者，恐失人望。故令作使於我，欲借我手殺之，使我受害賢之名也。吾今遣去見黃祖，使曹操知我有識。」◎18眾皆稱善。

時袁紹亦遣使至。表問眾謀士曰：「袁本初又遣使來，曹孟德又差禰衡在此。當從何使？」從事中郎將韓嵩進曰：「今兩雄相持。將軍若欲有爲，乘此破敵可也！如其不然，將擇其善者而從之。今曹操善能用兵，賢俊多歸。其勢必先取袁紹，然後移兵向江東，恐將軍不能禦，莫若舉荊州以附操，操必重待將軍矣！」◎19

表曰：「汝且去許都觀其動靜，再作商議。」嵩曰：「君臣各有定分。嵩今事將軍，雖赴湯蹈火，一唯所命。將軍若能上順天子，下從曹公，使嵩可也。如持疑

〈評點〉

◎15：鼓音之悲，正爲此耳！（毛宗崗）

◎16：好比。（李漁）

◎17：表好名士，而不喜禰衡。如葉公之好龍。好夫似龍而非龍者也。（毛宗崗）

◎18：劉表使見黃祖，即曹操使見劉表之意，是操借刀于表，而表復乞諸其鄰而與之耳。（毛宗崗）

◎19：與賈詡勸張繡相同。（毛宗崗）

◆瓷畫《擊鼓罵曹》。（馮暉／fotoe提供）

未定，嵩到京師，天子賜嵩一官，則嵩爲天子之臣，不得復爲將軍死矣。」◎[20]表曰：「汝且先往觀之，吾別有主意。」嵩辭表，到許都見操。操遂拜嵩爲侍中，領零陵太守。

荀彧曰：「韓嵩來觀動靜，未有微功，重加此職。禰衡又無音耗，丞相遣而不問，何也？」操曰：「禰衡辱吾太甚，故借劉表手殺之，何必再問？」遂遣韓嵩回荊州說劉表。

嵩回見表，稱頌朝廷盛德，勸表遣子入侍。表大怒曰：「汝懷二心耶？」欲斬之。嵩大叫曰：「將軍負嵩，嵩不負將軍。」蒯良曰：「嵩未去之前，先有此言矣！」劉表遂赦之。

人報黃祖斬了禰衡。◎[21]表問其故，對曰：「黃祖與禰衡共飲皆醉，祖問衡曰：『君在許都有何人物？』衡曰：『大兒孔文舉，小兒楊德祖。除此二人，別無人物。』祖曰：『似我何如？』衡曰：『汝似廟中之神。雖受祭祀，恨無靈驗。』祖大怒曰：『汝以我爲土木偶人耶？』遂斬之！衡至死罵不絕口。」◎[22]劉表聞衡死，亦嗟呀不已。令葬于鸚鵡洲邊。後有人詩嘆曰：

「黃祖才非長者儔※[9]，禰衡喪首此江頭，
而今鸚鵡洲邊過，惟有無情碧水流。」

卻說曹操知衡受害，笑曰：「腐儒舌劍，反自殺矣！」◎[23]因不見劉表來降，

便欲興兵問罪。荀彧諫曰：「袁紹未平，劉備未滅；而我用兵江、漢，是猶舍心腹，而顧手足也。可先滅袁紹，後滅劉備。江、漢可一掃而平矣！」操從之。

且說：董承自劉玄德去後，日夜與王子服等商議，無計可施。建安五年，元旦朝賀，見曹操驕橫愈甚，感憤成疾。帝知國舅染病，令隨朝太醫前去醫治。此醫乃洛陽人，姓吉名太，字稱平，人皆呼為吉平。當時名醫也。平到董承府，用藥調治，旦夕不離，常見董承長吁短嘆，不敢動問。◎24時值元宵，吉平辭去，承留住，二人共飲。飲至更餘，承覺困倦，就和衣而睡。忽報：「王子服等四人至。」承出接入。服曰：「大事諧矣！」承曰：「願聞其說。」服曰：「劉表結連袁紹起兵五十萬，共分十路殺來！馬騰結連韓遂起西涼軍七十二萬，從北殺來！曹操盡起許昌兵馬，分頭迎敵，城中空虛。若聚五家僮僕，可得千餘人；乘今夜府中大宴，慶賞元宵，將府圍住。突入殺之！不可失此機會。」

〈評點〉

◎20：先說在前，後來不得罪之！（毛宗崗）

◎21：此事不用實敘，只在使者口中虛寫。省筆。（毛宗崗）

◎22：此非黃祖殺之，而劉表殺之；亦非劉表殺之，而曹操殺之也。（毛宗崗）

◎23：不說自己殺他，又不說別人殺他，反說他自殺。奸雄之極。（毛宗崗）

◎24：身病易知，心病難知。（李漁）

注釋

◆吉太，字平，洛陽人，東漢太醫。因給曹操下毒被害。（葉雄繪）

※9：同類、類別。

承大喜。隨即喚家奴，各人收拾兵器，自己披挂綽槍上馬。◎25約會都在內門前相會，同時進兵。夜至一鼓，眾兵皆到。董承手提寶劍，徒步直入。見操設宴後堂，大叫：「操賊休走！」一劍剁去，隨手而倒。◎26——霎時覺來，乃南柯一夢，◎27口中猶罵「操賊！」不止。◎28

吉平向前叱曰：「汝欲害曹公乎？」承驚懼，不能答。吉平曰：「國舅休慌，某雖醫人，未嘗忘漢。某連日見國舅嗟嘆，不敢動問；恰纔夢中之言，已見眞情。幸勿相瞞，倘有用某之處，雖滅九族亦無後悔。」◎29

承掩面而哭曰：「只恐汝非眞心！」平遂咬下一指爲誓。

承乃取出衣帶詔，令平視之，且曰：「今之謀望不成者，乃劉玄德、馬騰各自去了，無計可施，因此感而成疾。」平曰：「不消諸公用心，操賊性命只在某手中。」◎30

承問其故？平曰：「操常患頭風，痛入骨髓，纔一舉發，便召某醫治。如早晚有召，只用一服毒藥，必然死矣！何必舉刀兵乎？」承曰：「若得如此，救漢朝社稷者，皆賴君也。」◎31

時吉平辭歸。承心中暗喜，步入後堂。忽見家奴秦慶童同侍妾雲英，在暗處私語。承大怒，喚左右捉下欲殺之，夫人勸免其死。◎32各人重責四十，將慶童鎖於冷房。慶童懷恨，夤夜將鐵鎖扭斷，跳牆而出，逕入曹操府中，告：「有機密

事！」

操喚入密室問之，慶童云：「王子服、吳子蘭、種輯、吳碩、馬騰五人，在家主府中商議機密，必然是謀丞相。家主將出白絹一段，不知寫著甚的，近日吉平咬指爲誓，我也曾見。」曹操藏匿慶童於府中。董承只道逃往他地方去了，也不追尋。

次日曹操詐患頭風，召吉平用藥。吉平自思曰：「此賊合休！」暗藏毒藥入府。◎33操臥於床上，令平下藥。平曰：「此病可一服即愈。」◎34教取藥罐當面煎之。藥已半乾，平已暗下毒藥，親自送上。操知有毒故意遲延不服。

〈評點〉

◎25：疾至此有起色矣！（毛宗崗）

◎26：一路看來，竟似眞有此快事。何其天從人願，至於如此之易。（毛宗崗）

◎27：半晌歡喜，讀至此句，不覺掃興。（毛宗崗）

◎28：此段如畫，可稱妙絕。（李漁）

◎29：如此醫生之言，千古罕有。（李漁）

◎30：今日醫生之手皆如此之可畏。（毛宗崗）

◎31：方是眞正良醫，不但醫董承身病，并醫董承心病。不但醫董承心病，且醫獻帝心病矣！（毛宗崗）

◎32：免死大誤其事。（李漁）

◎33：操之病是假病，平之醫亦是假醫。（毛宗崗）

◎34：自在不消第二服。（毛宗崗）

平曰：「乘熱服之少汗即愈。」操起曰：「汝既讀儒書，必知禮義。君有疾飲藥，臣先嘗之；父有疾飲藥，子先嘗之。汝為我心腹之人，何不先嘗而後進？」平曰：「藥以治病，何用人嘗？」

平知事已泄。縱步向前，扯住操耳而灌之。操推藥潑地磚皆迸裂。操未及言，左右已將吉平執下。操曰：「吾豈有病？特試汝耳！汝果有害我之心。」遂喚二十個精壯獄卒，執平至後園拷問。操坐於亭上，將平縛倒於地，吉平面不改容，略無懼怯。◎35

操笑曰：「量汝是個醫人，安敢下毒害我？必有人唆使你來。你說出那人！」平叱之曰：「汝乃欺君罔上之賊，天下皆欲殺汝！豈獨我乎？」操再三盤問，平怒曰：「我自欲殺汝，安有人使我來？今事不成，惟死而已。」操怒教獄卒痛打。打到兩個時辰，皮開肉裂，血流滿階。操恐打死，無可對證，令獄卒揪去靜處，權且將息。

操傳令次日設宴，請眾大臣飲酒。惟董承託病不來，王子服等皆恐操生疑，只得俱至。操於後堂設席。酒行數巡曰：「筵中無可為樂。我有一人，可為眾官醒酒。」教二十個獄卒：「與吾牽來！」

須臾，只見一長枷釘著吉平，拖至階下。操曰：「眾官不知。此人結連惡黨，欲反背朝廷，謀害曹某。今日天敗，請聽口詞！」操教先打一頓，昏絕於地，以水噴面。吉平甦醒，◎36睜目切齒而罵曰：「操賊不殺我，更待何時？」操曰：「同謀者先有六人，與汝共七人耶？」平只是大罵！王子服等四人面面相覷，如坐鍼氈。

操教一面打，一面噴，平並無求饒之意。操見不招，教牽去。眾官席散，操只留王子服等四人夜宴。四人魂不附體，只得留待。

操曰：「本不相留，爭奈有事相問。汝四人不知與董承商議何事？」子服曰：「並未商議甚事！」操曰：「白絹中寫著何事？」子服等皆隱諱，操教喚出慶童對證。子服曰：「汝於何處見來？」慶童曰：「你驅避了眾人，六人在一處畫字，如何賴得？」

◆吉太醫下毒遭刑。吉平扯住曹操的耳朵灌藥。（fotoe提供）

〈評點〉

◎35：想其懷藥入府時，已置死生于度外。（毛宗崗）

◎36：吉平被水噴醒，眾官卻被曹操嚇醒。（毛宗崗）

子服曰：「此賊與國舅侍妾通姦，被責誣主，不可聽也！」操曰：「吉平下毒，非董承所使而誰？」子服等皆言不知。操曰：「今晚自首，尚猶可恕。若待事發，其實難容！」子服等皆言並無此事。操叱左右將四人拏住監禁。

次日，帶領眾人，逕投董承家探病，◎37承只得出迎。操曰：「緣何夜來不赴宴？」承曰：「微疾未痊，不敢輕出。」操曰：「此是憂國家病耳？」承愕然。操曰：「國舅知吉平事乎？」承曰：「不知！」操冷笑，曰：「國舅如何不知？」喚左右：「牽來！與國舅起病。」承舉措無地。

須臾，二十獄卒推吉平至階下。吉平大罵：「曹操逆賊！」操指謂承曰：「此人曾攀下王子服等四人，吾已拏下廷尉※10，尚有一人未曾捉獲。」因問平曰：「誰使汝來藥我？可速招出！」平曰：「天使我來殺逆賊！」◎38

操怒，教打，身上無容刑之處，承在座觀之，心如刀割。操又問平曰：「你原有十指，今如何只有九指？」平曰：「嚼以爲誓，誓殺國賊。」◎39操教取刀來，就階下截去其九指，曰：「一發截了，教你爲誓。」平曰：「尚有口可以吞賊；有舌可以罵賊！」◎40操令割其舌。平曰：「且勿動手，吾今熬刑不過，只得供招，可釋吾縛。」操曰：「釋之何礙？」遂命解其縛。

平起身，望闕拜曰：「臣不能爲國家除賊，乃天數也！」拜畢，撞階而死。◎41操令分其肢體號令，時建安五年正月也。史官有詩曰：

「漢朝無起色，醫國有稱平。立誓除姦黨，捐軀報聖明。
極刑詞愈烈，慘死氣如生；十指淋漓處，千秋仰異名。」

操見吉平已死，教左右牽過秦慶童至面前。操曰：「國舅認得此人否？」承大怒，曰：「逃奴在此，即當誅之！」操曰：「他首告謀反，今來對證。誰敢誅之？」承曰：「丞相何故聽逃奴一面之說？」操曰：「王子服等吾已擒下，皆招證明白。汝尚抵賴乎？」即喚左右拏下，命從人直入董承臥房內，搜出衣帶詔，并義狀。操看了，笑曰：「鼠輩安敢如此？」遂命將董承全家良賤盡皆監禁，休教走脫一個。

操回府，以詔狀示眾謀士，商議要廢獻帝，更立新君。◎42正是：

「數行丹詔成虛望，一紙盟書惹禍殃。」

未知獻帝性命如何？且聽下文分解……

〈評點〉

◎37：前吉平至曹操府中看病，今曹操至董承家中探病。都是不懷好意！（毛宗崗）

◎38：妙！人心所存即天理也。（毛宗崗）

◎39：絕不抵賴，硬漢！（毛宗崗）

◎40：吉平是眞漢子。（李贄）

◎41：立誓以殺曹操，是其忠也。至死不招董承，是其義也。被禍最慘，性骨最烈，不意醫生中乃有此人。（毛宗崗）

◎42：竟欲效董卓所爲矣！（李漁）

注釋

※10：官名。掌刑獄，爲九卿之一。秦開始設置，漢景帝時候改稱大理，武帝時候復稱廷尉。

第二十四回　國賊行兇殺貴妃　皇叔敗走投袁紹

卻說曹操見了衣帶詔，與眾謀士商議，欲廢卻獻帝，更擇有德者立之。程昱諫曰：「明公所以能威震四方，號令天下者，以奉漢家名號故也。今諸侯未平，遽行廢立之事，必起兵端矣！」操乃止，◎1只將董承等五人，并其全家老小，押送各門處斬。死者共七百餘人，城中官民見者無不下淚。

後人有詩嘆董承曰：

「密詔傳衣帶，天言出禁門，當年曾救駕，此日更承恩；
憂國成心疾，除奸入夢魂，忠貞千古在，成敗復誰論。」

又有嘆王子服等四人詩曰：

「書名尺素矣※1忠謀，慷慨思將君父酬；
赤膽可憐捐百口，丹心自是足千秋。」

且說曹操既殺了董承等眾人，怒氣未消，遂帶劍入宮，來弒董貴妃。貴妃乃董承之妹，帝幸※2之，已懷孕五月。當日，帝在後宮正與伏后私論「董承之事至今尚無音耗」，忽見曹操帶劍入宮，面有怒容，帝大驚失色。◎2

操曰：「董承謀反，陛下知否？」帝曰：「董卓已誅矣！」◎3操大聲曰：「不是董卓，是董承。」帝戰慄，曰：「朕實不知。」操曰：「忘了破指修詔耶？」帝不能答。

操叱武士擒董妃至，帝告曰：「董妃有五月身孕，望丞相見憐。」操曰：「若非天敗，吾已被害。豈得復留此女，爲吾後患？」伏后告曰：「貶於冷宮分娩了，殺之未遲。」操曰：「欲留此逆種爲母報讎乎？」董妃泣告曰：「乞全屍而死，勿令彰露。」操令取白練至面前。帝泣謂妃曰：「卿於九泉之下，勿怨朕躬！」言訖，淚下如雨，伏后亦大哭。操怒曰：「猶作女兒態耶？」叱武士牽出，勒死於宮門之外。◎4

後人有詩嘆董妃曰：

〈評點〉

◎1：操賊既爲董卓所爲，而卒未爲者，以自己曾討董卓故也！（毛宗崗）

◎2：宰相面有怒容，而天子大驚失色，豈不奇絕？（毛宗崗）

◎3：操言董承，而帝故意誤言董卓；蓋操乃今日之董卓也。帝意不在卓，殆暗指操耳！帝亦善於詞令。（毛宗崗）

◎4：巍巍至尊，不能庇一女子，眞天翻地覆時也！（毛宗崗）

◆董貴妃，董承之妹，漢獻帝劉協的妃子。（fotoe提供）

注釋

※1：發誓。

※2：寵愛。

「春殿承恩亦枉然，
傷哉龍種並時捐；
堂堂帝主難相救，
掩面徒看淚湧泉。」◎5

操諭監宮官曰：「今後但有外戚宗族，不奉吾旨，輒入宮門者斬！守禦不嚴，與同罪。」又撥心腹人三千充御林軍，令曹洪統領，以為防察。◎6

操謂程昱曰：「今董承等雖誅，尚有馬騰、劉備，亦在此數，不可不除。」

昱曰：「馬騰屯軍西涼，未可輕取；但當以書慰勞，勿使生疑。誘入京師，圖之可也！劉備現在徐州，分布犄角之勢，亦不可輕敵。況今袁紹屯兵官渡，常有圖許都之心；若我一旦東征，劉備勢必求救於紹，紹乘虛來襲，何以當之？」

操曰：「非也，備乃人傑也；今若不擊，待其羽翼既成，急難圖矣！袁紹雖強，事多懷疑不決，何足憂乎？」◎7

◆國賊行兇殺貴妃。曹操下令將董貴妃勒死於宮門之外。（fotoe提供）

正議間，郭嘉自外而入。操問曰：「吾欲東征劉備，奈有袁紹之憂，如何？」嘉曰：「紹性遲而多疑，其謀士各相妒忌，不足憂也！劉備新整軍兵，眾心未服。丞相引兵東征，一戰可定矣！」

操大喜曰：「正合吾意！」遂起大軍二十萬，分兵五路下徐州。

細作探知，報入徐州。孫乾先往下邳報知關公，隨至小沛報知玄德。

玄德與孫乾計議，曰：「此必求救於袁紹，方可解危。」於是玄德修書一封，◎8遣孫乾至河北。

乾乃先見田豐。具言其事，求其引進。豐即引孫乾入見紹，呈上書信。只見紹形容憔悴，衣冠不整。

〈評點〉

◎5：眞。（李贄）

◎6：獻帝此時如坐牢獄中。（毛宗崗）

◎7：以英雄論玄德，以懷疑論本初，奸雄料人如此。（李漁）

◎8：此時玄德竟親自寫書，不必更煩鄭康成矣！（毛宗崗）

◆東漢集市畫像磚，反映了漢代市場交易興旺的情景。畫面左右上角刻有「北市門」、「南市門」等字，說明漢代的市是在政府規定的區域進行交易。（fotoe提供）

豐曰：「今日主公何故如此？」紹曰：「我將死矣！」豐曰：「主公何出此言？」紹曰：「吾生五子，惟最幼者極快吾意。◎9今患疥瘡，命已垂絕，◎10吾有何心更論他事乎？」◎11

豐曰：「今曹操東征劉玄德，許昌空虛。若以義兵乘虛而入，上可以保天子，下可以救萬民。此不易得之機會也！惟明公裁之。」紹曰：「吾亦知此最好。奈我心中恍惚，恐有不利。」◎12豐曰：「何恍惚之有？」紹曰：「五子中，惟此子生得最異。倘有疎虞，吾命休矣！」遂決意不肯發兵。◎13

紹謂孫乾曰：「汝回見玄德，可言其故。倘有不如意，可來相投，吾自有相助之處。」田豐以杖擊地，曰：「遭此難遇之時，乃以嬰兒之病失此機會，大事去矣！可痛惜哉！」◎14跌足※3長嘆而出。

孫乾見紹不肯發兵，只得星夜回小沛見玄德，具說此事。玄德大驚，曰：「似此如之奈何？」張飛曰：「兄長勿憂！曹兵遠來，必然困乏。乘其初至，先去劫寨；可破曹操。」◎15玄德曰：「素以汝爲一勇夫耳！前者捉劉岱時，頗能用計。今獻此策，亦中兵法。」乃從其言，分兵劫寨。

且說曹操引軍往小沛來，正行間，狂風驟至，忽聽一聲響亮，將一面牙旗吹折。◎16操便令軍兵且住，聚眾謀士問吉凶。荀彧曰：「風從何方來，吹折甚顏色旗？」操曰：「風自東南方來，吹折角上牙旗。旗乃青紅二色。」彧曰：「不主別事，今夜劉備必來劫寨。」操點頭。忽毛玠入見曰：「方纔東南風起，吹折青紅牙旗一面。主公以爲主何吉凶？」操曰：「公意若何？」毛玠曰：「愚意以爲今夜必主有人來劫寨。」後人有詩嘆曰：

「吁嗟帝胄勢孤窮，全仗分兵劫寨功；
爭奈牙旗折有兆，老天何故縱奸雄？」

操曰：「天報應我，即當防之！」遂分兵九隊，只留一隊向前虛紮營寨；餘眾八面埋伏。

是夜，月色微明。玄德在左，張飛在右，分兵兩隊進發，只留孫乾守小沛——且說張飛自以爲得計，領輕騎在前，突

〈評點〉

◎9：婦人愛少子，丈夫亦是如是耶？（毛宗崗）

◎10：紹所患者不過小兒之病，小兒所患者又不過疥癬之疾，可發一笑！（毛宗崗）

◎11：可笑！（毛宗崗）

◎12：袁紹眞鼠輩，安得能大事矣。（李贄）

◎13：曹昂死而曹操只哭一典韋。袁尚病，而袁紹不肯救劉備。袁、曹優劣，又見於此。（毛宗崗）

◎14：眞乃可惜，不出郭嘉所料也。（李漁）

◎15：算計雖好，但在曹操恐不爲所算也。（李漁）

◎16：此等皆曹操之惡福惡運也。（李贄）

注釋

◆毛玠，字孝先，東漢末陳留平丘（今河南封丘縣東）人。少時為縣吏，以清廉著名，被人譽為「清公」。後被曹操征辟為治中從事。（葉雄繪）

※3：跺腳。表示懊惱、憤慨的動作。

入操寨，但見零零落落，無多人馬——四邊火光大起，喊聲齊舉！飛知中計，急出寨外，正東張遼，正西許褚，正南于禁，正北李典；東南徐晃，西南樂進，東北夏侯惇，西北夏侯淵；八處軍馬殺來！張飛左沖右突，前遮後當。所領軍兵原是曹操手下舊軍，見事勢已急，盡皆投降去了！

飛正殺間，逢著徐晃，大殺一陣。後面樂進趕到，飛殺條血路，突圍而出，只有數十騎跟定。欲還小沛，去路已斷，欲投徐州下邳，又恐曹軍截住。尋思無路，只得望硭碭山而去。

卻說玄德引兵劫寨，將近寨門，喊聲大震！後面衝出一軍，先截去了一半人馬，夏侯惇又到。玄德突圍而走，夏侯淵又從後趕來。玄德回顧，止有三十餘騎跟隨。急欲奔還小沛，早望見小沛城中火起，只得棄了小沛。欲投徐州下邳，又見曹軍漫山塞野，截住去路。

玄德自思無路可歸，想：「袁紹有言：『倘不如意，可來相投。』今不若暫往依棲，別作良圖。」◎17遂望青州

◆河南永城硭碭山王后陵山上出土的漢代瓦片。硭碭山曾是張飛勢窮落草之處。（聶鳴／fotoe提供）

路而走，正逢李典攔住，玄德匹馬落荒望北而逃，李典擄將從騎去了。

且說玄德匹馬投青州，日行三百里，奔至青州城下叫門；門吏問了姓名，來報刺史，刺史乃袁紹長子袁譚。譚素敬玄德，聞知匹馬到來，即

〈評點〉

◎17：至此不得不投，也是出於無奈。（李漁）

◆皇叔敗走投袁紹。劉備匹馬落荒而逃，投奔袁紹。（fotoe提供）

便開門出迎，接入公廨※4，細問其故。玄德備言「兵敗相投」之意。譚乃留玄德於館驛中住下，發書報父袁紹；一面差本州人馬，護送玄德至平原界口，袁紹親自引眾出鄴邵三十里迎接玄德。玄德拜謝，紹忙答禮：「昨爲小兒抱病，有失救援，於心怏怏不安。今幸得相見，大慰平生渴想之思。」玄德曰：「孤窮劉備，◎18久欲投於門下，奈機緣未遇。今爲曹操所攻，妻子俱陷，想將軍容納四方之士，故不避羞慚，逕來相投。望乞收錄，誓當圖報。」紹大喜，相待甚厚，同居冀州。

且說曹操當夜取了小沛，隨即進兵攻徐州。糜竺、簡雍守把不住，只得棄城而走。陳登獻了徐州，曹操大軍入城。安民已畢，隨喚眾謀士議取下邳。

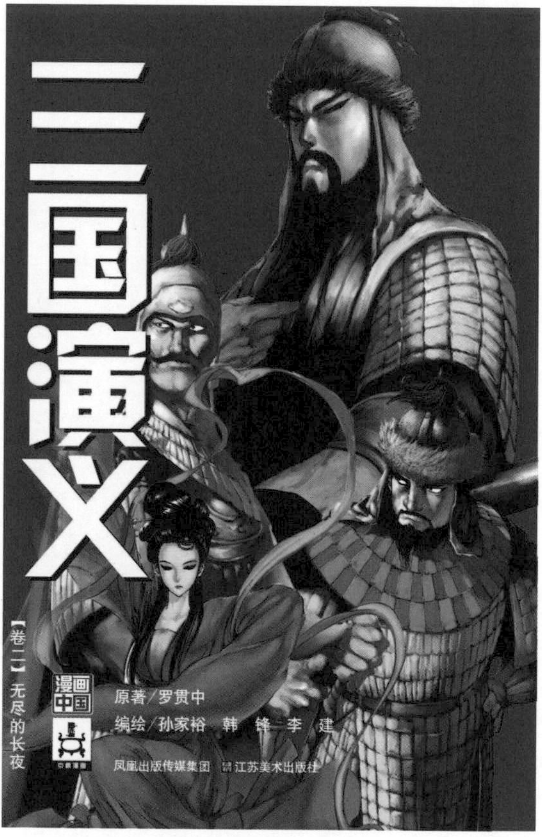

◆台灣漫畫家首度完整呈現《三國演義》全本故事的大型歷史漫畫作品——漫畫《三國演義》系列，2007年夏由江蘇美術出版社出版。該書由臺灣漫畫家孫家裕編繪，分為《燃燒的大地》、《無盡的長夜》、《黑暗與黎明》、《怒吼的山河》、《英雄的眼淚》五卷。圖為卷二《無盡的長夜》封面。（江蘇美術出版社提供）

荀彧曰：「雲長保護玄德妻小，死守此城。若不速取，恐爲袁紹所得。」操曰：「吾素愛雲長武藝人材，欲得之以爲己用。不若令人說之使降。」◎19郭嘉曰：「雲長義氣深重，必不肯降。若使人說之，恐被其害。」帳下一人出，曰：「某與關公有一面之交，願往說之。」眾見之，乃張遼也。

程昱曰：「文遠雖與雲長有舊，吾觀此人非可以言詞說也。某有一計，使其進退無路，然後用文遠說之，彼必歸丞相矣！」正是：

「整備窩弓※5射猛虎，安排香餌釣鰲魚。」

未知其計若何？且聽下文分解……

〈評點〉

◎18：此時一人一騎，「孤窮」眞不誣也。（李漁）

◎19：欲說降關公，亦大難事。（毛宗崗）

注釋

※4：官署，官吏辦事的地方。

※5：獵人埋伏在草叢中專射野獸的弓箭。

第二十五回　屯土山關公約三事　救白馬曹操解重圍

卻說程昱獻計曰：「雲長有萬人之敵，非智謀不能取之。今可即差劉備投降之兵入下邳見關公，只說是逃回的，伏於城中為內應。卻引關公出戰，詐敗佯輸，誘入他處，以精兵截其歸路。然後說之可也！」操聽其謀，即令徐州降兵數十，徑投下邳來降關公。關公以為舊兵，留而不疑。◎1

次日，夏侯惇為先鋒，領兵五千來搦戰。關公不出，惇即使人於城下辱罵。◎2關公大怒，引三千人馬出城與夏侯惇交戰。約戰十餘合，惇撥回馬走，關公趕來，惇且戰且走，關公約趕二十里，恐下邳有失，提兵便回；只聽得一聲砲響，左有徐晃，右有許褚，兩隊軍截住去路。

關公奪路而走，兩邊伏兵排下硬弩百張，箭如飛蝗。關公不得過，勒兵再回，徐晃、許褚接住交戰。關公奮力殺退二人，引軍欲回下邳，夏侯惇又截住廝殺。公戰至日晚，無路可歸，只得到一座土山，引兵屯於山頭，權且少歇。曹兵團團將土山圍住。

關公於山上遙望，下邳城中火光沖天，卻是那詐降兵卒偷開城門，曹操自提大

軍殺入城中，只教舉火以惑關公之心。關公見下邳火起，心中驚惶。◎3連夜幾番衝下山來，皆被亂箭射回。

捱到天曉，再欲整頓下山衝突，忽見一人跑馬上山來，視之，乃張遼也。關公迎謂曰：「文遠欲來相敵耶？」遼曰：「非也！想故人舊日之情，特來相見。」遂棄刀下馬；與關公敘禮畢，坐於山頂。

公曰：「文遠莫非說關某乎？」遼曰：「不然！昔日蒙兄救弟，今日弟安得不救兄？」公曰：「然則文遠將欲助我乎？」遼曰：「亦非也！」公曰：「既不助我，來此何幹？」◎4遼曰：「玄德不知存亡，翼德未知生死。昨夜曹公已破下邳，軍民盡無傷害，差人護衛玄德家眷，不許驚擾。◎5如此相待，弟特來報兄。」

關公怒曰：「此言特說我也！吾今雖處絕地，視死如歸。汝當速去，吾即下山迎戰！」張遼大笑，曰：「兄此言，豈不為天下笑乎？」公曰：「吾仗忠義而死，安得為天下笑？」遼曰：「兄今即死，其罪有三！」

〈評點〉

◎1：程昱所以欲用降卒也。（毛宗崗）

◎2：此是激戰之法。（李漁）

◎3：不特為下邳著急，更為陷二嫂著急。（毛宗崗）

◎4：語氣又落落難合。（毛宗崗）

◎5：先安其心，亦是說法。（李漁）

公曰：「汝且說我那三罪？」遼曰：「當初劉使君與兄結義之時，誓同生死。今使君方敗，而兄即死戰，倘使君復出，欲求兄相助而不可得，豈不負當年之盟誓乎？其罪一也！◎6劉使君以家眷付託於兄，兄今死戰，二夫人無所倚賴，負卻使君付託之重。其罪二也！◎7兄武藝超群，兼通經史。不思共使君匡扶漢室，徒欲赴湯蹈火，以成匹夫之勇，安得爲義？其罪三也！◎8兄有此三罪，弟不得不告。」

公沉吟曰：「汝說我有三罪，欲我如何？」遼曰：「今四面皆曹公之兵，兄若不降，則必死。徒死無益，不若且降曹公，卻打聽劉使君音信，知在何處即往投之。一者可以保二夫人，二者不背桃園之約，三者可留有用之身。有此三便，兄宜詳之。」

公曰：「兄言三便，吾有三約——若丞相能從我，即當卸甲。如其不允，吾寧受三罪而死。」◎9

遼曰：「丞相寬洪大量，何所不容？願聞三事。」公曰：「一者，吾與皇叔設誓共扶漢室，吾今只降漢帝，不降曹操。二者，二嫂處請給皇叔俸祿養贍，一應上下人等，皆不許到門。三者，但知劉皇叔去向，不管千里萬里，便當辭去。三者缺一，斷不肯降。望文遠急急回報。」

張遼應諾，遂上馬回見曹操。先說「降漢不降曹」之事，操笑曰；「吾爲漢相，漢即吾也。此可從之。」遼又言：「二夫人欲請給皇叔俸，并上下人等，不許到門。」操曰：「吾于皇叔俸內，更加倍與之。至於嚴禁內外，乃是家法，又何疑焉？」遼又曰：「但知玄德信息，雖遠必往。」操搖首曰：「然則吾養雲長何用？此事卻難從。」◎10

遼曰：「豈不聞豫讓『眾人、國士』之論※1乎？劉玄德待雲長不過恩厚耳，丞相更施厚恩以結其心，何憂雲長之不服也。」操曰：「文遠之言甚當，吾願從此三事。」

◆降漢不降曹。關羽有著濃重的正統觀念，只降漢獻帝，不降曹操。（鄧嘉德繪）

〈評點〉

◎6：是玄德若死，關公不得獨生；玄德若生，關公安得獨死？（毛宗崗）

◎7：是公死而使二夫人亦死，是公有憾於死；倘公死而二夫人或未必能死，則公益有憾於死。（毛宗崗）

◎8：關公以死爲義，乃張遼偏說不是義，妙！（毛宗崗）

◎9：聖人聖人。（李贄）

◎10：三件事獨此件事難。（李漁）

注釋

※1：豫讓，戰國時人。他曾有這樣的議論：國君若以對待眾人（一般人）的態度對待我，我當以眾人的態度報答他，如果他以對待國士（國家中的傑出人才）的態度對待我，那我也以國士的態度報答他。

張遼再往上，回報關公。關公曰：「雖然如此，暫請丞相退軍，容我入城見二嫂，告知其事，然後投降。」張遼再回，以此言報曹操。操即傳令退軍至十里。荀彧曰：「不可，恐有詐！」操曰：「雲長義士，必不失信。」◎11遂引軍退。

關公引兵入下邳。見人民安妥不動，竟到府中來見二嫂。甘、糜二夫人聽得關公到來，急出迎之。公拜于階下，曰：「使二嫂受驚，某之罪也！」二夫人曰：「皇叔今在何處？」公曰：「不知去向。」二夫人曰：「二叔今將若何？」公曰：「關某出城死戰，被困土山。張遼勸我投降，我以三事相約，曹操已皆允從。故特退兵放我入城。我不曾得嫂嫂主意，未敢擅便。」◎12

二夫人問：「那三事？」關公將上項三事，備述一遍。甘夫人曰：「昨日曹軍入城，我等皆以爲必死，誰想毫髮不動，一軍不敢入門。叔叔既已領諾，何必問我二人？只恐曹操日後不肯容叔叔去尋皇叔。」公曰：「嫂嫂放心，關某自有主張。」二夫人曰：「叔叔自家裁處，凡事不必問俺女流。」

關公辭退，遂引數十騎來見曹操。操自出轅門相接，關公下馬入拜，操慌忙答禮。關公曰：「敗兵之將，深荷不殺之恩。」操曰：「素慕雲長忠義。今日幸得相見，足慰平生之望。」◎13

關公曰：「文遠代稟三事，蒙丞相應允，諒不食言。」操曰：「吾言既出，安敢失信。」關公曰：「關某若知皇叔所在，雖蹈水火必往從之。是時恐不及拜辭，伏乞見原。」操曰：「玄德若在，必從公去。但恐亂軍中亡矣！公且寬心，尚容緝聽※2。」關公拜謝，操設宴相待。

次日，班師還許昌，關公收拾車仗，請二嫂上車，親自護車而行。於路安歇館驛，操欲亂其君臣之禮，使關公與二嫂共處一室。關公乃秉燭立於戶外，自夜達旦，毫無倦色。操見公如此，愈加敬服。

既到許昌，操撥一府與關公居住。關公分一宅爲兩院，內間撥老軍十人把守。關公自居外宅。

◆山西平遙城隍廟的關公壁畫。（區進／fotoe 提供）

〈評點〉

◎11：曹操平生以詐待人，獨於關公則信之。（毛宗崗）

◎12：事嫂如事兄，稟命於嫂，如稟命於兄也。（毛宗崗）

◎13：老奸大是湊趣。（李贄）

注釋

※2：到各方面去打聽，蒐集消息。

操引關公朝見獻帝，帝命爲偏將軍，公謝恩歸宅。

操次日設大宴會眾謀臣武士，以客禮待關公，延之上座。又備綾錦及金器皿相送，關公都送與二嫂收貯。

關公自到許昌，操待之甚厚。小宴三日，大宴五日。又送美女十人，使侍關公。◎[14]關公盡送入內門，令伏侍二嫂。卻又三日一次，於內門外躬身施禮，動問二嫂安否。二夫人回問皇叔之事畢，曰：「叔叔自便！」關公方敢退回。◎[15]操聞之，又嘆服關公不已。

一日，操見關公所穿綠錦戰袍已舊，即度其身品，取異錦作戰袍一領相贈。關公受之，穿於衣底，上仍用舊袍罩之。◎[16]操笑曰：「雲長何如此之儉乎？」公曰：「某非儉也，舊袍乃劉皇叔所賜，某穿之如見兄面，不敢以丞相之新賜，而忘兄長之舊賜，故穿於上。」◎[17]操嘆曰：「眞義士也！」然口雖稱羨，心實不悅。

一日關公在府，忽報：「內院二夫人哭倒於地，不知爲何？請將軍速入！」關公乃整衣跪於內門外，問：「二嫂爲何悲泣？」甘夫人曰：「我夜夢皇叔身陷於土坑之內，覺來與糜夫人論之，想在九泉之下矣！是以相哭。」

關公曰；「夢寐之事，不可憑信。此嫂嫂想念之故，請勿憂愁……」正說間，適曹操命使來請關公赴宴，公辭二嫂，往見操。

操見公有淚容，問其故，公曰：「二嫂思兄痛哭，不由某心不悲！」操笑而寬

解之，頻以酒相勸。公醉自綽其髯而言曰：「生不能保國家，而背其兄，徒爲人也。」操問曰：「雲長髯有數乎！」◎18公曰：「約數百根。每秋月約退三五根。冬月多以皂紗囊裹之，恐其斷也。」操以紗錦作囊，與關公護髯。

次日早朝見帝，帝見關公一紗錦囊垂於胸次。帝問之，關公奏曰：「臣髯頗長，丞相賜囊貯之。」帝令當殿披拂，過於其腹。帝曰：「眞美髯公也！」因此人皆呼爲美髯公。

忽一日，操請關公宴。臨散送公出府，見公馬瘦，操曰：「公馬因何而瘦？」關公曰：「賤軀頗重，馬不能載，因此常瘦。」操令左右備一馬來。須臾牽至，那馬身如火炭，狀甚雄偉。操指曰：「公識此馬否？」公曰：「莫非呂布所騎赤兔馬乎？」操曰：「然也！」◎19遂并鞍轡送與關公。關公再拜稱謝，操不悅曰：「吾

〈評點〉

◎14：雲長忠義，當時便已奪老奸之魄矣，況今日乎？（李贄）

◎15：今天下有如此悌弟否？（毛宗崗）

◎16：好妝點。（李贄）

◎17：至性至情，讀至此令人淚下。（毛宗崗）

◎18：不慰其言中之意，而但問其手中之髯。極力把閒話說開去，最得爲人解悶之法。（毛宗崗）

◎19：赤面人騎赤兔馬，正如秋水長天。幸哉此馬，今得其主矣。（李漁）

◆贈馬圖。「人中呂布，馬中赤兔」，呂布死後，關羽即是三國第一英雄，曹操以赤兔馬相贈，正是適得其人。（鄧嘉德繪）

累送美女金帛，公未嘗下拜。今吾贈馬，乃喜而再拜，何賤人而貴馬耶？」關公曰：「吾知此馬日行千里，今幸得之，若知兄長下落，可一日而見面矣！」操愕然而悔。關公辭去。後人有詩嘆曰：

「威傾三國著英豪，
二宅分居義氣高。
奸相枉將虛禮待，
豈知關羽不降曹？」

操問張遼曰：「吾待雲長不薄，而彼常懷去心，何也？」遼曰：「容某探其情……」次日往見關公，禮畢。遼曰：「我薦兄在丞相處，不曾落後。」公曰：「深感丞相厚意。只是吾身雖在此，心念皇叔，未嘗去懷。」◎20遼曰：「兄言差矣！處世不分輕重，非丈夫也。玄德待兄，未必過於丞相。兄何故只懷去志？」

公曰：「吾固知曹公待我甚厚。奈吾受劉皇叔厚恩，誓以共死，不可背之，吾終不留此。要必立效以報曹公，然後去耳。」遼曰：「倘玄德已棄世，公何所歸乎？」公曰：「願從於地下。」

遼知公終不可留，乃告退。回見曹操，具以實告。操嘆曰：「事主不忘其本，乃天下之義士也。」◎21荀彧曰：「彼言立功方去，若不教彼立功，未必便去。」操然之。

卻說玄德在袁紹處，旦夕煩惱。紹曰：「玄德何故常憂？」玄德曰：「二弟不知音耗，妻小陷於曹操。上不能報國，下不能保家，安得不憂？」紹曰：「吾欲進兵赴許都久矣！方今春暖，正好興兵。」便商議破曹之策。

田豐諫曰：「前操攻徐州，許都空虛，不及此時進兵。今徐州已破，操兵方銳未可輕敵。不如以久持之，待其有隙，而後可動也。」◎22

紹曰：「待我思之！」因問玄德曰：「田豐勸我固守……」玄德曰：「曹操欺君之賊。明公若不討之，恐失大

〈評點〉

◎20：心口如一，略無隱諱。（毛宗崗）

◎21：關公之義，能使奸雄心折。（毛宗崗）

◎22：大是大是。（李贄）

◆重慶雲陽張飛廟前的「三國人物」塑像。張飛廟最初興建於蜀漢末年，至今已有1700餘年歷史，廟內保存了大量珍貴字畫碑刻、稀世文物200餘件，被譽為「巴蜀勝景、文藻勝地」，是長江三峽黃金旅遊線上的重要景點之一。（周斌／fotoe 提供）

義於天下。」紹曰：「玄德之言甚善！」遂欲興兵。田豐又諫，紹怒曰：「汝等弄文輕武，使我失大義。」田豐頓首曰：「若不聽臣良言，出師不利。」紹大怒，欲斬之。玄德力勸，乃囚於獄中。沮受見田豐下獄，乃會其宗族，盡散其家財。與之訣曰：「吾隨軍而去，勝則威無不加，敗則一身不保矣！」眾皆下淚送之。

紹遣大將顏良作先鋒攻白馬，沮受諫曰：「顏良性狹，雖驍勇不可獨任。」紹曰：「吾之上將，非汝等可料！」

大軍進發，至黎陽。東郡太守劉延告急許昌。曹操急議興兵抵敵。

關公聞知，遂入相府見操曰：「聞丞相起兵，某願爲前部。」操曰：「未敢煩將軍，早晚有事，當來相請。」關公乃退。

操引兵十五萬，分三隊而行。於路又連接劉延告急文書。操先提五萬軍，親臨白馬，靠土山箚住。——遙望山前平川曠野之地，顏良前部精兵十萬，排成陣勢。操駭然，回顧呂布舊將宋憲，曰：「吾聞汝乃呂布部下猛將，今可與顏良一戰。」宋憲領諾，綽槍上馬，直出陣前。

顏良橫刀立馬於門旗下，見宋憲馬至，良大喝一聲，縱馬來迎戰。不三合，手起刀落，斬宋憲於陣前。

曹操大驚曰：「眞猛將也！」魏續曰：「殺我同伴，願去報讎！」操許之。續

◆顏良（？～200），東漢末袁紹部下猛將。建安五年進攻白馬時因倉促臨戰，被關羽斬殺。（葉雄繪）

上馬持矛，徑至陣前，大罵顏良。良更不打話，交馬一合，照頭一刀，劈魏續於馬下。◎23

操曰：「今誰敢當之？」徐晃應聲而出，與顏良戰二十合敗歸本陣，諸將悚然。※3曹操軍敗，良亦引軍退去。

操見連折二將，心中憂悶。程昱曰：「某舉一人，可敵顏良。」操問：「是誰？」昱曰：「非關公不可。」操曰：「吾恐他立了功便去！」昱曰：「劉備若在，必投袁紹。今若使雲長破袁紹之兵，紹必疑劉備而殺之矣！備既死，雲長又安往乎！」◎24

操大喜，遂差人去請關公，關公即入辭二嫂。二嫂曰：「叔叔此去可打聽皇叔消息！」關公領諾而出，提青龍刀，上赤兔馬。引從者數人直至白馬來見曹操。

操敘說：「顏良連誅二將，勇不可當。特請雲長商議。」關公曰：「容某觀之！」操置酒相待，忽報顏良搦戰。操引關公上土山觀看。操與關公坐，諸將環立。

曹操指山下顏良排的陣勢，旗幟鮮明，槍刀森布，嚴整有威。乃謂關公曰：

〈評點〉

◎23：呂布之馬已爲關公所騎，呂布之將又爲顏良所殺。（毛宗崗）

◎24：惡便惡，是卻是。（李贄）

注釋

※3：戰慄畏縮的樣子。

「河北人馬如此雄壯。」關公曰：「以吾觀之，如土雞瓦犬耳。」◎25操又指曰：「麾蓋之下，繡袍金甲，持刀立馬者，乃顏良也。」關舉目一望，謂操曰：「吾觀顏良，如插標賣首※4耳。」

操曰：「未可輕視！」關公起身曰：「某雖不才，願去萬軍中取其首級，來獻丞相。」張遼曰：「軍中無戲言，雲長不可忽也！」關公奮然上馬，倒提青龍刀，跑下山來，鳳目圓睜，蠶眉直豎，直衝彼陣。

河北軍如波開浪裂，關公徑奔顏良。顏良正在麾蓋下，見關公衝來，方欲問時，關公赤兔馬快，早已跑到面前，顏良措手不及，被雲長手起一刀，刺於馬下。◎26忽地下馬，割了顏良首級，拴於馬項之下；飛身上馬，提刀出陣，如入無人之境。河北兵將大驚，不戰自亂。曹軍乘勢攻擊，死者不可勝數，馬匹器械搶奪極多。

關公縱馬上山，眾將盡皆稱賀。公獻首級於操前，操曰：「將軍真神人也！」關公曰：「某何足道哉？吾弟張翼德於百萬軍中取上將之頭，如探囊取物耳！」◎27操大驚，回顧左右：「今後如遇張翼德，不可輕敵。」令寫於衣袍襟底以記之。

◆皮影戲《白馬坡》，描述關公斬顏良的場景。（曹振峰提供／人民美術出版社）

卻說顏良敗軍奔回，半路迎見袁紹，報說被赤面長髯使大刀一勇將◎28匹馬入陣，斬顏良而去，因此大敗。紹驚問曰：「此人是誰？」沮受曰：「此必是玄德之弟關雲長也！」

紹大怒，指玄德曰：「汝弟殺吾愛將，汝必通謀。留你何用？」喚刀斧手推出玄德斬之！正是：

「初見方爲座上客，此日幾同階下囚。」

未知玄德性命如何？且聽下文分解……

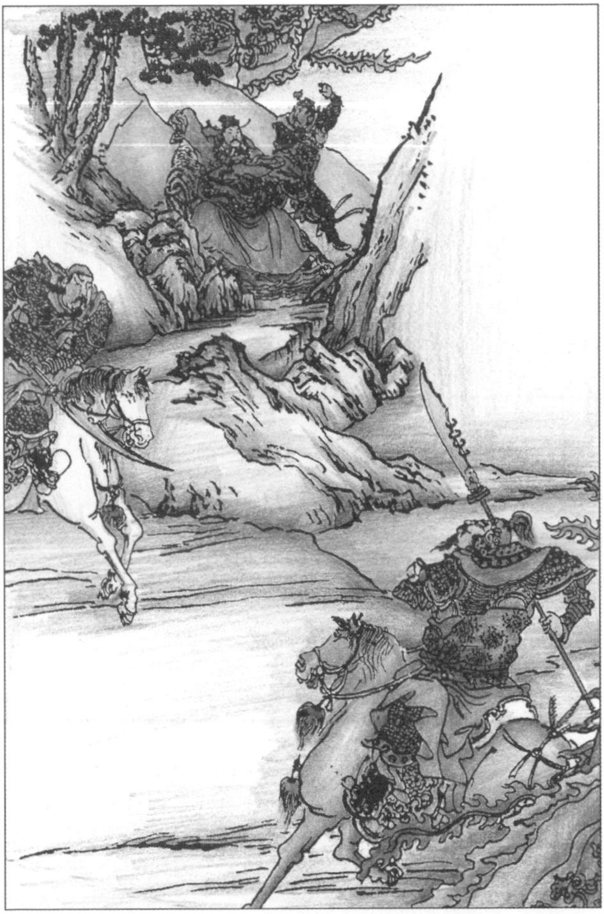

◆救白馬曹操解重圍。河北名將顏良措手不及，被關羽一刀斬死。(fotoe提供)

〈評點〉

◎25：語言有趣。（李漁）

◎26：殺得出其不意，所以謂之刺也。（毛宗崗）

◎27：翼德之勇，於此一提。（李漁）

◎28：不知其名，但言其狀。在河北軍士眼中口中，畫出一關公。（毛宗崗）

注釋

※4：插著草標，出賣首級。

第二十六回　袁本初損兵折將　關雲長挂印封金

卻說袁紹欲斬玄德，玄德從容進曰：「明公只聽一面之詞，而絕向日之情耶？備自徐州失散，二弟雲長未知存否；天下同貌者不少，豈赤面長髯之人即為關某也。明公何不察之？」◎1

袁紹是個沒主張的人，聞玄德之言，責沮受曰：「誤聽汝言，險殺好人。」遂仍請玄德上帳坐，議報顏良之讎，帳下一人應聲而進，曰：「顏良與我如兄弟，今被曹賊所殺，我安得不雪其恨？」玄德視其人身長八尺，面如獬豸，乃河北名將文醜也。

袁紹大喜，曰：「非汝不能報顏良之讎。吾與十萬軍兵，便渡黃河追殺曹賊。」沮受曰：「不可！今宜留屯延津，分兵官渡，乃為上策。若輕舉渡河，設或有變，眾皆不能還矣！」紹怒曰：「皆是汝等遲緩軍心，遷延日月，有妨大事。豈不聞『兵貴神速』乎？」沮受出，嘆曰：「上盈※1其志，下務※2其功。悠悠黃河，吾其濟乎？」遂託疾不出議事。

玄德曰：「備蒙大恩，無可報効。意欲與文將軍同行，一者報明公之德，二者就探雲長的實信。」紹喜，喚文醜與玄德同領前部。文醜曰：「劉玄德屢敗之將，於軍不利。既主公要他去時，某分三萬軍，教他爲後部。」◎2於是文醜自領七萬軍先行，令玄德引三萬軍隨後。

且說曹操見雲長斬了顏良，倍加欽敬。表奏朝廷，封雲長爲漢壽亭侯，鑄印貽公。忽報：「袁紹又使大將文醜渡黃河，已據延津之上。」操乃先使人移徙居民於西河，然後自領兵迎之。傳下將令：「以後軍爲前軍，以前軍爲後軍；糧草先行，軍兵在後。」◎3

呂虔曰：「糧草在先，軍兵在後，何意也？」操曰：「糧草在後，多被剽掠，故令在前。」虔曰：「倘遇敵兵劫去，如之奈何？」操曰：「且待敵軍到時卻有理會。」虔心疑未決。

操令糧食輜重沿河暫至延津，操在後軍，聽得前軍發喊。急教人看時，報說：「河北大將文醜兵至，我軍皆棄糧草，四散奔走。後軍又遠，將如之何？」操以鞭指兩阜，曰：「此可暫避！」人馬急奔土阜。操令軍士皆解衣卸甲少歇，盡放其

〈評點〉

◎1：詞色雍容，大英雄也。（李贄）

◎2：若使玄德在前，文醜不至於死。（毛宗崗）

◎3：奇！（李贄）

注釋

◆文醜（？～200），東漢末袁紹部下猛將，歷史上是被曹操擊破，戰死，而非為關羽所殺。《三國演義》為了突出關羽英勇，常常移花接木，將歷史上他人的戰功安在關羽身上。（葉雄繪）

※1：滿足，自滿。

※2：追求，要求得到。

馬。◎4

文醜軍擁至，眾將曰：「賊至矣！可急收馬匹，退回白馬。」荀攸急止之曰：「此正可以餌敵，何故反退？」操急以目視荀攸而笑，攸知其意，不復言。

文醜軍既得糧草車仗，又來搶馬，軍士不依隊伍，自相雜亂；曹操卻令軍將一齊下土阜擊之。文醜軍大亂，曹兵圍裹將來，文醜挺身獨戰。軍士自相踐踏，文醜止遏不住，只得撥馬回走。◎5

操在土山上，指曰：「文醜為河北名將，誰可擒之？」張遼、徐晃飛馬齊出，大叫：「文醜休走！」文醜回頭，見二將趕上，遂按住鐵槍，拈弓搭箭，正射張遼，徐晃大叫：「賊將休放箭！」張遼低頭急躲，一箭射中頭盔，將簪纓射去。遼奮力再趕，坐下戰馬又被文醜一箭射中面頰，那馬跪倒前蹄，張遼落地。文醜回馬復來，徐晃急輪大斧截住廝殺。只見文醜後面軍馬齊到，晃料敵不過，撥馬而回。

文醜沿河趕來，忽見十餘騎馬，旗號翩翻，一將當頭，提刀飛馬而來，乃關雲長也！大喝：「賊將休走！」戰不三合，文醜心怯，便撥馬遶河而走。關公馬快，趕上文醜，腦後一刀，將文醜斬下馬來！

曹操在土阜上，見關公砍了文醜，大驅人馬掩殺，河北軍大半落水，◎6糧草馬匹仍被曹操奪回。

雲長引數騎東衝西突，正殺之間，劉玄德領三萬軍隨後到。前面哨馬探知，報與玄德，云：「今番又是紅面長髯的斬了文醜。」玄德慌忙驟馬來看，隔河望見一簇人馬，往來如飛，旗上寫著「漢壽亭侯關雲長」七字。玄德暗謝天地，曰：「原來吾弟果然在曹操處！」◎7欲待招呼相見，被曹兵大隊擁來，只得收兵回去。袁紹接應至官渡，下定寨柵。

郭圖審配入見袁紹，說：「今番又是關某殺了文醜。劉備佯推不知。」袁紹大怒，罵

〈評點〉

◎4：既棄糧，又棄馬，眞令人不測。（毛宗崗）

◎5：至此方顯曹操善能用兵。（李漁）

◎6：沮受言：「不可渡河」，此處方驗。（毛宗崗）

◎7：知其在曹而反喜者，信其必不降操也。（毛宗崗）

◆袁本初損兵折將。關羽陣斬大將文醜。（fotoe提供）

曰：「大耳賊焉敢如此？」少頃，玄德至。紹令推出斬之，◎8玄德曰：「某有何罪？」紹曰：「你故使汝弟又壞我一員大將，如何無罪？」

玄德曰：「容伸一言而死！曹操素忌備，今知備在明公處，恐備助公，故特使雲長誅殺二將，知公必怒。此借公之手而殺劉備也！願明公思之。」袁紹曰：「玄德之言是也，汝等幾使我受害賢之名。」喝退左右，請玄德上帳而坐。

玄德謝曰：「荷明公寬大之恩，無可補報。欲令一心腹人，持密書去見雲長，使知劉備消息。彼必星夜來到，輔佐明公，共誅曹操，以報顏良、文醜之讎，若何？」袁紹大喜，曰：「吾得雲長，勝顏良、文醜十倍也！」◎9玄德修下書劄，未有人送去。

紹令退軍武陽，連營數十里，按兵不動。操乃使夏侯惇領兵守住官渡隘口，自己班師回許都。大宴眾官，賀雲長之功，因謂呂虔曰：「昔日吾以糧草在前者，乃餌敵之計也！惟荀公達知吾心耳。」眾皆嘆服。

正飲宴間，忽報：「汝南有黃巾劉辟龔都，甚是猖獗。曹洪累戰不利，乞遣兵救之！」雲長聞言，進曰：「關某願施犬馬之勞，破汝南賊寇。」◎10操曰：「雲長建立大功，未曾重酬。豈可復勞進征？」公曰：「關某久閑，必生病疾。」曹操壯之，點兵五萬，使于禁、樂進爲副將，次日便行。荀彧密謂操曰：「雲長常有歸劉之心，倘知消息必

◆山西運城解州鎮關帝廟崇寧殿上乾隆欽定的「神勇」匾。（司徒強／fotoe提供）

去，不可頻令出征。」操曰：「今次取功，吾不復教臨敵矣！」

且說雲長領兵將近汝南，箚住營寨。當夜營外拏了兩個細作人來，雲長視之，內中認得一人，乃孫乾也。關公叱退左右，問乾曰：「公自潰散之後，一向蹤跡不聞。今爲何在此處？」乾曰：「某自逃難，飄泊汝南，幸得劉辟收留。今將軍爲何在曹操處？未識甘、糜二夫人無恙否？」關公因將上項事細說一遍。

乾曰：「近聞玄德公在袁紹處。欲往投之，未得其便。今劉、龔二人歸順袁紹，相助攻曹。又幸得將軍到此，因特令小軍引路，教某爲細作，來報將軍。來日二人虛敗一陣，公可速引二夫人投袁紹處，與玄德公相見。」

關公曰：「既兄在袁紹處，吾必星夜而往。但恨吾斬紹二將，恐今事變矣！」

◎11乾曰：「吾當先往探彼虛實，再來報將軍。」公曰：「吾見兄長一面，雖萬死不辭！今回許昌，便辭曹操也。」當夜密送孫乾去了。

次日，關公引兵出。龔都披挂出陣，關公曰：「汝等背反朝廷！」都曰：「汝乃背主之人，何反責我？」關公曰：「我爲何背主？」都曰：「劉玄德在袁本初

〈評點〉

◎8：讀者至此，爲玄德吃嚇。（毛宗崗）

◎9：此時袁紹亦心折雲長，欣欲得之矣。（李贄）

◎10：惟其急欲歸劉，故急欲報操耳。（毛宗崗）

◎11：恐玄德又往他去矣。（李漁）

處，汝卻從曹操，何也？」關公更不打話，拍馬舞刀向前，龔都便走。關公趕上，都回身告關公曰：「故主之恩，不可忘也！公當速進，我讓汝南。」關公會意，驅軍掩殺。劉、龔二人佯輸詐敗，四散去了。

雲長奪得州縣。安民已定，班師回許昌。曹操出郭迎接，賞勞軍士。宴罷，雲長回家，參拜二嫂於門外。甘夫人曰：「叔叔兩番出軍，可知皇叔音信與否？」公答曰：「未也！」◎12關公退，二夫人於門內痛哭，曰：「想皇叔休矣！二叔恐我姊妹煩惱，故隱而不言。」

正哭間，有一隨行老軍聽得哭聲不絕，於門外告曰：「夫人休哭！主人在河北袁紹處。」夫人曰：「汝何由知之？」軍曰：「跟關將軍出征，有人在陣上說來。」夫人急召雲長，責之曰：「皇叔未嘗負汝。汝今受曹操之恩，頓忘舊日之義，不以實情告我，何也？」關公頓首曰：「兄今委實※3在河北。未敢教嫂嫂知者，恐有泄漏也。事須緩圖，不可欲速。」甘夫人曰：「叔宜上緊！」公退，急思去計，坐立不安。

關公正悶坐，張遼入，賀曰：「聞兄在陣上知玄德音信，特來賀喜。」原來于禁探知劉備在河北，報與曹操。操令張遼來探關公意。關公曰：「故主雖在，未得一見，何喜之有？」◎13遼曰：「公與玄德交，比弟與兄交，如何？」公曰：「我與兄朋友之交也。我與玄德，是朋友而兄弟，兄弟而又君臣也。豈可共論乎？」◎

14遼曰：「今玄德在河北，兄往從否？」關公曰：「昔日之言，安肯背之？文遠須為我致意丞相。」

張遼將關公之言回告曹操，操曰：「吾自有計留之！」

且說關公正尋思間，忽報有故人相訪。及請入，卻不相識。關公問曰：「公何人也？」答曰：「某乃袁紹部下，南陽陳震也！」

關公大驚！急退左右，問曰：「先生此來，必有所為？」震出書一緘，遞與關公，公視之，乃玄德書也。其略曰：「備與足下自桃園締盟，誓以同死。今何中道相違，割恩斷義？君必欲取功名，圖富貴，願獻備首級，以成全功。書不盡言，死待來命！」

關公看書畢，大哭曰：「某非不欲尋兄，奈不知所在也！安肯圖富貴而背舊盟乎？」

〈評點〉

◎12：此時不即實告，是精細處。（毛宗崗）

◎13：遼既明言，公即不隱諱。（毛宗崗）

◎14：一毫不欺，聖人也。今人便不能如此。（李贄）

◆清代年畫《挂印封金》。（fotoe提供）

注釋

※3：確實。

震曰：「玄德望公甚切。公既不背舊盟，宜速往見。」關公曰：「人生天地間，無終始者，非君子也！吾來時明白，去時不可不明白。◎15吾今作書，煩公先達知兄長。容某辭卻曹操，奉二嫂來相見。」震曰：「倘曹操不允，為之奈何？」公曰：「吾寧死，豈肯留於此？」震曰：「公速作回書，免致劉使君懸望。」關公寫書，答云：

「竊聞義不負心，忠不顧死。羽自幼讀書，粗知禮義；觀羊角哀左伯桃之事※4，未嘗不三嘆而流涕也！前守下邳，內無積粟，外無援兵；欲即效死，奈有二嫂之重，未敢斷首捐軀，致負所託。故爾暫且羈身，冀圖後會。近至汝南，方知兄信。即當面辭曹公，奉二嫂歸。羽倘懷異心，神人共戮！披肝瀝膽，筆楮※5難窮。瞻拜有期，伏惟照鑒。」◎16

陳震得書自回。關公入內告知二嫂，隨即至相府拜辭曹操。操知來意，乃懸迴避牌於門。◎17關公怏怏而回。命舊日跟隨人役收拾車馬，早晚侍候。分付宅中所有原賜之物，盡皆

◆陳震（？～235），字孝起，河南南陽人。性格忠純，老而益篤，為諸葛亮等人看重。曾出使東吳，締結吳蜀同盟。四川成都武侯祠文將廊塑像，塑於乾隆五十三年（1788）。（魏德智／fotoe提供）

留下，分毫不可帶去。◎18次日再往相府辭謝，門首又挂迴避牌。

關公一連去了數次，皆不得見。乃往張遼家相探，欲言其事。遼亦託疾不出。關公思曰：「此曹丞相不容我去之意。我去志已決，豈可復留？」即寫書一封，辭謝曹操。書略曰：

「羽少事皇叔，誓同生死，皇天后土，實聞斯言。前者下邳失守，所請三事，已蒙恩諾。今探知故主現在袁紹軍中，回思昔日之盟，豈容違背？新恩雖厚，舊義難忘。茲特奉書告辭，伏惟照察。其有餘恩未報，願以俟之異日。」◎19

寫畢封固，差人去相府投遞。一面將累次所受金銀一一封置庫中，懸漢壽亭侯印於堂上。◎20請二夫人上車；關公上赤兔馬，手提青龍刀，率領舊日跟隨人役，護送車仗，徑出北門。門吏擋之，關公怒目橫刀，大喝一聲！門吏皆退避。

關公既出門，謂從者曰：「汝等護送車仗先行，倘有追趕者，吾自當之；勿得

〈評點〉

◎15：明明白白，是公一生過人處。（毛宗崗）

◎16：眞情實語，於此見矣。（李漁）

◎17：操所謂有計留之者，別無他計，只是一個不肯相見耳。（毛宗崗）

◎18：一塵不染，澄然以清。（毛宗崗）

◎19：字字從赤心流出。（李贄）

◎20：「封金挂印」，至今傳爲千古美談！（毛宗崗）

注釋

※4：羊、左是戰國時人，二人爲好友，同往楚國求官。路上遇雪，衣薄糧少，恐怕不能俱全，左伯桃就把衣糧都給了羊角哀，自己凍餓而死。後羊角哀在楚做了大官，尋得左屍並禮葬，又因迷信左魂托夢的緣故，自殺以報答死友。

※5：紙的代稱。

◆關雲長挂印封金。曹操送金銀美女與關羽，關羽得知劉備下落後，將金銀封庫，將漢壽亭侯印懸於堂上，護送劉備二位夫人，出北門而去。（朱寶榮繪）

驚動二位夫人。」從者推車，望官道進發。

卻說曹操正論關公之事未定，左右報關公呈書。曹操即看畢，大驚，曰：「雲長去矣！」◎21忽北門守將飛報：「關公奪門而去。車仗鞍馬二十餘人，皆望北行。」又關公宅中人來報說：「關公盡封所賜金銀等物，美女十人另居內室，其漢壽亭侯印懸於堂上；丞相所撥人役皆不帶去，只帶原跟從人，及隨身行李，出北門去了。」眾皆愕然。

一將挺身出，曰：「某願將鐵騎三千，去生擒關某，獻與丞相。」眾視之，乃將軍蔡陽也。正是：

「欲離萬丈蛟龍穴，又遇三千狼虎兵！」

蔡陽要趕關公，畢竟如何？且聽下文分解……

◆正字戲蔡陽裝扮。（毛小雨提供／江西美術出版社）

〈評點〉

◎21：四字有無限愛惜，無限嗟呀之意。（毛宗崗）

第二十七回　美髯公千里走單騎　漢壽侯五關斬六將

卻說曹操部下諸將中，自張遼而外，只有徐晃與雲長交厚；其餘亦皆敬服，獨蔡陽不服關公。故今日聞其去，欲往追之。操曰：「不忘故主，來去明白。眞丈夫也！汝等皆當效之。」◎1遂叱退蔡陽，不令去趕。

程昱曰：「丞相待關某甚厚。今彼不辭而去，亂言片楮，冒瀆鈞威。其罪大矣！若縱之使歸袁紹，是與虎添翼也。不若追而殺之，以絕後患。」

操曰：「吾昔已許之，豈可失信？彼各爲其主，勿追也！」◎2因謂張遼曰：「雲長封金挂印；財賄不足以動其心，爵祿不足以移其志。此等人吾深敬之！◎3想他去此不遠，我一發※1結識他做個人情。汝可先去請住他。待我與他送行，更以路費征袍贈之，使爲後日記念。」◎4張遼領命，單騎先往。曹操引數十騎隨後而來。

卻說雲長所騎赤兔馬日行千里，本是趕不上。因欲護送車仗，不敢縱馬，按轡徐行，忽聽背後有人大叫：「雲長且慢行！」回顧視之，見張遼拍馬而至。

關公教車仗從人只管望大路緊行，自己勒住赤兔馬，按定青龍刀。問曰：「文遠莫非欲追我回乎？」遼曰：「非也！丞相知兄遠行，欲來相送。特先使我請住台駕，別無他意。」關公曰：「便是丞相鐵騎來，吾願決一死戰。」◎5遂立馬於橋上望之，見曹操引數十騎飛奔前來，背後乃是許褚、徐晃、于禁、李典之輩。

操見關公橫刀立馬於橋上，令諸將勒住馬匹，左右排開。關公見眾人手中皆無軍器，方始放心。操曰：「雲長行何太速？」關公於馬上欠身，答曰：「關某前曾稟過丞相。今故主在河北，不由某不急去。累次造府，不得參見，故拜書告辭，封金挂印，還納丞相。望丞相勿忘昔日之言。」

操曰：「吾欲取信於天下，安肯有負前言？恐將軍途中乏用，特具路資相送。」一將便從馬上托過黃金一盤。關公

◆河南省許昌市灞陵橋，是關公挑袍辭別曹操的地點。（王立力／fotoe提供）

〈評點〉

◎1：操視諸將中，未嘗有此人。（毛宗崗）

◎2：老瞞亦有大量。（李贄）

◎3：操所以餌人者，不過財賄爵祿耳。今二者不足以動關公，操安得不敬？（毛宗崗）

◎4：既不追之，則必餞之。索性加厚一倍，有心人算計往往如此。（毛宗崗）

◎5：說得剛直。（李漁）

注釋

※1：這裡是愈發、索性的意思。有時是一齊、一起的意思，如後文第六十四回「一發都到大寨」是例。

◆千里走單騎。關羽單槍匹馬，不辭而別，護送劉備的二位夫人甘夫人、糜夫人離開曹營。（朱寶榮繪）

曰：「累蒙恩賜，尚有餘資。留此黃金以賞士。」◎6操曰：「特以少酬大功於萬一，何必推辭？」關公曰：「區區微勞，何足挂齒？」操笑曰：「雲長天下義士。恨吾福薄，不得相留。錦袍一領，略表寸心。」令一將下馬，雙手捧袍過來。

雲長恐有他變，不敢下馬。用青龍刀尖挑錦袍披於身上，勒馬回頭稱謝曰：「蒙丞相賜袍，異日更得相會。」◎7遂下橋望北而去。許褚曰：「此人無禮太甚，何不擒之？」操曰：「彼一人一騎，吾數十餘人，安得不疑？吾言既出，不可追也。」◎8曹操自引眾將回城，於路嘆想雲長不已。

不說曹操自回。且說關公來追車仗，約行三十里，卻只不見。雲長心慌，縱馬四下尋之，忽見山頭一人高叫：

〈評點〉

◎6：其人光明，其言磊落。（毛宗崗）

◎7：異日華容道留得一命，全賴此袍。（李漁）

◎8：雲長膽大，孟德量大，眞都是英雄。（李贄）

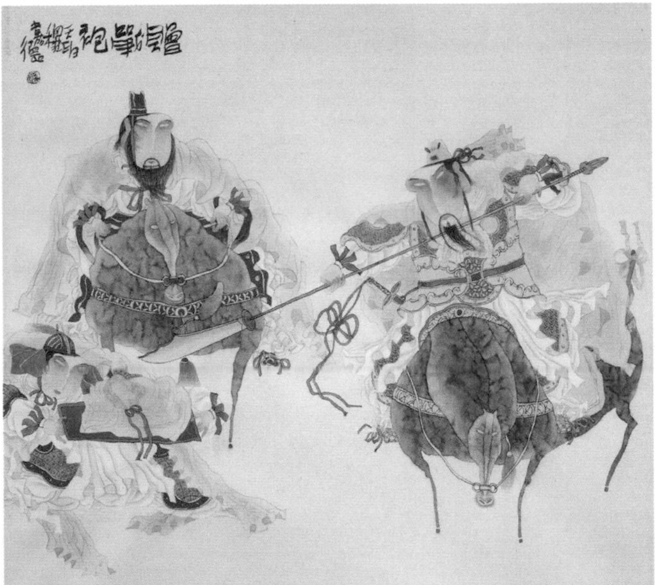

◆贈戰袍。關羽以槍挑袍，十分謹慎。（鄧嘉德繪）

「關將軍且住！」關公舉目視之，只見一少年，黃巾錦衣，持鎗跨馬，馬項下懸著首級一顆，引百餘步卒，飛奔前來。

公問曰：「汝何人也？」少年棄鎗下馬，拜伏於地。雲長恐是詐，勒馬持刀，問曰：「壯士，願通姓名！」答曰：「吾本襄陽人，姓廖名化字元儉。因世亂流落江湖，聚眾五百餘人，劫掠爲生。恰纔同伴杜遠下山巡哨，誤將兩夫人劫掠上山。吾問從者，知是大漢劉皇叔夫人。且聞將軍。護送在此。吾即欲送下山來，杜遠出言不遜，被某殺死。今獻頭與將軍請罪。」關曰：「二夫人何在？」化曰：「現在山中。」關公教急取下山。

不移時，百餘人簇擁車仗前來。關公下馬停刀，叉手於車前，問候曰：「二嫂受驚否？」二夫人曰：「若非廖將軍保全，已被杜遠所辱。」關公問左右曰：「廖

◆河南洛陽關林大殿壁畫：關雲長灞陵挑袍。（fotoe提供）

化怎生救夫人？」左右曰：「杜遠劫上山，就要與廖化各分一人爲妻。廖化問起根由，好生拜敬。杜遠不從，已被廖化殺了。」關公聞言，乃拜謝廖化。

廖化欲以部下人送關公，關公尋思：「此人終是黃巾餘黨，未可作伴。」乃謝卻之，◎9廖化又拜送金帛，關公亦不受。廖化拜別，自引人伴投山谷中去了。

雲長將曹操贈袍事告知二嫂，催促車仗前行。至天晚，投一村莊安歇。莊主出迎，鬚髮皆白。問曰：「將軍姓甚名誰？」關公施禮曰：「吾乃劉玄德之弟關某也。」老人曰：「莫非斬顏良、文醜的關公否？」公曰：「便是。」老人大喜，便請入莊。關公曰：「車上還有二位夫人。」老人便喚妻女出迎。

二夫人至草堂上，關公叉手立於二夫人之側。老人請公坐，公曰：「尊嫂在上，安敢就坐。」老人乃令妻女請二夫人入內室款待，自於草堂款待關公。關公問老人姓名，老人曰：「吾姓胡名華。桓帝時曾爲議郎，致仕※2歸鄉。今有小兒胡班，在滎陽太守王植部下爲從事。將軍若從此處經過，某有一書，寄與小兒。」◎10關公允諾。

〈評點〉

◎9：俱是精細之處。（李漁）

◎10：未至第一關，先爲第四關脫難伏線。妙！（毛宗崗）

◆廖化（約190～264），本名淳，字元儉，荊州襄陽人，三國時蜀國後期將領，以勇敢果斷著稱。初為關羽主簿，兵敗被吳國俘虜，但用計逃回，隨劉備伐吳。後多次參與北伐活動。民間流傳「蜀中無大將，廖化作先鋒」的說法，從側面反映他雖然才能並不十分卓越，但勤勤懇懇，征戰多年。（葉雄繪）

注釋

※2：年老辭官退休。

次日早膳畢，請二嫂上車，取了胡華書信，相別而行，取路投洛陽來。前至一關，名東嶺關。把關將姓孔名秀，引五百軍兵。在嶺上把守。當日關公押車仗上嶺，軍士報知孔秀，秀出關來迎。

關公下馬，與孔秀施禮。秀曰：「將軍何往？」公曰：「某辭丞相，特往河北尋兄。」秀曰：「河北袁紹正是丞相對頭。將軍此去，必有丞相文憑※3。」公曰：「因行期怱迫，不曾討得。」◎11秀曰：「既無文憑，待我差人稟過丞相，方可放行。」關公曰：「待去稟時，須誤了我行程。」秀曰：「法度所拘，不得不如此。」關公曰：「汝不容我過關乎？」◎12秀曰：「汝要過去，留下老少爲質。※4」

關公大怒，舉刀就殺孔秀。秀退入關去，鳴鼓聚軍，披挂上馬，殺下關來。大喝曰：「汝敢過去麼？」關公約退車仗，縱馬提刀，竟不打話，直取孔秀；秀挺槍來迎，兩馬相交，只一合，鋼刀起處，孔秀屍橫馬下。眾軍便走。關公曰：「軍士休走！吾殺孔秀，不得已也。◎13與汝等無干。借汝眾軍之口，傳語曹丞相，言孔秀欲害我，我故殺之。」眾軍俱拜於馬前。

關公即請二夫人車仗出關，望洛陽進發。早有軍士報知洛陽太守韓福。韓福急聚眾將商議。牙將孟坦曰：「既無丞相文憑，即係私行。若不阻擋，必有罪責。」韓福曰：「關公猛勇，顏良、文醜俱爲所殺。今不可力敵，只須設計擒之。」孟坦曰：「吾有一計：先將鹿角攔定關口，待他到時，小將引兵和他交鋒，佯

敗，誘他來追。公可用暗箭射之，若關某墮馬，即擒解許都，必得重賞。」商議定當，人報關公車仗已到。

韓福彎弓插箭，引一千人馬排列關口，問：「來者何人？」關公馬上欠身，言曰：「吾漢壽亭侯關某，敢借過路。」韓福曰：「有曹丞相文憑否？」關公曰：「事冗不曾討得。」韓福曰：「吾奉丞相鈞命，鎮守此地，專一盤詰往來奸細。若無文憑，即係逃竄。」關公怒曰：「東嶺孔秀已被吾殺，汝亦欲尋死耶？」韓福曰：「誰人與我擒之？」孟坦出馬，掄雙刀來取關公。

關公約退車仗，拍馬來迎，孟坦戰不三合，撥回馬便走。關公趕來，孟坦只指望引誘關公，不想關公馬快，早已趕上，只一刀，砍爲兩段。

關公勒馬回來，韓福閃在門首，盡力放了一箭，正射中關公左臂。公用口拔出箭，血流不住，飛馬徑奔韓福，衝散眾軍。韓福急閃不及，關公手起刀落，帶頭連肩，斬於馬下。◎14殺散眾軍，保護車仗。

〈評點〉

◎11：不說曹操不給，只說自己不討。（毛宗崗）

◎12：其說漸硬。（毛宗崗）

◎13：可見五關斬將，原非關公本意。（毛宗崗）

◎14：斬卻三將矣。（李漁）

注釋

※3：作爲通行憑證的文書。

※4：人質。

◆戲曲臉譜《千里走單騎》之卞喜。魏守將。勾油白三塊瓦臉，眉尖眼角上翹，示其心懷叵測，奸詐疑心。（田有亮繪）

關公割帛束住箭傷。於路恐人暗算，不敢久住。連夜投沂水關來。把關將乃并州人氏，姓卞名喜，善使流星鎚，原是黃巾餘黨。後投曹操，撥來守關。當下聞知關公將到，尋思一計，就關前鎮國寺中埋伏下刀斧手二百餘人，誘關公至寺，約擊盞爲號，欲圖相害。安排已定，出關迎接關公。

公見卞喜來迎，便下馬相見。喜曰：「將軍名震天下，誰不敬仰？今歸皇叔，足見忠義。」◎15關公訴說斬孔秀、韓福之事。卞喜曰：「將軍殺之是也！某見丞相，代稟衷曲。」關公甚喜，同上馬過了沂水關，到鎮國寺前下馬；眾僧鳴鐘出迎。

原來那鎮國寺乃漢明帝御前香火院。本寺有僧三十餘人。內有一僧，卻是關公同鄉人，法名普淨。當下普淨已知其意，向前與關公問訊，曰：「將軍離蒲東幾年矣？」關公曰：「將及二十年矣！」普淨曰：「還認得貧僧否？」公曰：「離鄉多年，不能相識。」普淨曰：「貧僧家與將軍家，只隔一條河。」

卞喜見普淨敘出鄉里之情，恐有走泄，乃叱之曰：「吾欲請將軍赴宴，汝僧人何得多言？」關公曰：「不然！鄉人相遇，安得不敘舊情耶？」普淨請關公方丈待茶，關公曰：「二位夫人在車上，可先獻茶。」普淨教取茶先奉夫人，然後關公入方丈。普淨以手舉所佩戒刀，目視關公，◎16公會意，命左右持刀緊隨。

卞喜請關公於法堂筵席。關公曰：「卞君請關某，是好意，還是歹意？」卞喜未及回言，關公早望見壁衣※5中有刀斧手，乃大喝卞喜曰：「吾以汝爲好人，安敢如此？」卞喜知事泄，大叫：「左右下手！」左右方欲動手，皆被關公拔劍砍下之。卞喜下堂遶廊而走，關公棄劍，執大刀來趕。

卞喜暗取飛鎚，擲打關公，關公用刀隔開鎚，趕將入去，一刀劈卞喜爲兩段，◎17隨即回身來看二嫂。早有軍人圍住，見關公來，四散奔走。關公趕散，謝普淨曰：「若非吾師，已被此賊害矣！」普淨曰：「貧僧此處難容，收拾衣鉢亦往他處雲遊也。後會有期，將軍保重。」關公稱謝，護送車仗住滎陽進發。

滎陽太守王植，卻與韓福是兩親家。聞得關公殺了韓福，商議欲暗害關公。乃使人守住關口，待關公到時，王植出關，喜笑相

〈評點〉

◎15：虛恭敬，假小心，最爲奸險。（李漁）

◎16：此僧，大智人也。（李漁）

◎17：要在佛地上殺好人，是眞強盜。能在佛地上殺歹人，是眞菩薩。斬卻四將！（毛宗崗）

◆普淨禪師，原為沂水關鎮國寺方丈，東漢建安末年在玉泉山結庵。（fotoe提供）

注釋

※5：遮蔽牆壁的大型帷幕，可用以臨時隱藏人眾。

◆美髯公千里走單騎。普淨與關公問訊。（fotoe提供）

迎。關公訴說尋兄之事，植曰：「將軍於路驅馳，夫人車上勞困。且請入城館驛中暫歇一宵，來日登途未遲。」關公見王植意甚慇勤，遂請二嫂入城。

館驛中，皆鋪陳了當。王植請公赴宴，公辭不往。◎18植使人送筵席至館驛。關公因於路辛苦，請二嫂晚膳畢，就正房歇定，令從者各自安歇，飽餵馬匹，關公亦解甲憩息。

卻說王植密喚從事胡班聽令，曰：「關某背丞相而逃，又於路殺太守，并守關將校，犯罪不輕。此人武勇難敵，汝今晚點一千軍圍住館驛，一人一個火把，待三更時分，一齊放火，不問是誰，盡皆燒死。吾亦自引軍接應。」胡班領命，便點起軍士，密將乾柴引火之物搬於館驛門首，約時舉事。

胡班尋思：「我久聞關雲長之名，不識如何模樣？試往窺之！」乃至驛中，問驛吏曰：「關將軍在何處？」答曰：「正廳上觀書者是也！」胡班潛至廳前，見關公左手綽髯，於燈下凭几看書。班見了，失聲嘆曰：「眞天人也！」◎19公問：「何人？」胡班入拜，曰：「滎陽太守部下從事胡班。」關公曰：「莫非許都城外胡華之子否？」班曰：「然也！」公喚從者於行李中取書付班。

班看畢，嘆曰：「險些誤殺忠良！」遂密告曰：「王植心懷不仁，欲害將軍。暗令人四面圍住館驛，約於三更放火。今某當先去開了城門，將軍

〈評點〉

◎18：前赴卞喜席，今遂不赴王植席，足見精細。（毛宗崗）

◎19：卻有天僥。（李贄）

◆誅卞喜。關公幸得普淨預先警示，方不為卞喜所害。（鄧嘉德繪）

急收拾出城。」關公大驚，忙披挂提刀上馬，請二嫂上車，盡出館驛。果見軍士各執火把聽候。關公急來到城邊。只見城門已開，關公催車仗急急出城。胡班還去放火。

關公行不到數里，背後火把照耀，人馬趕來。當先王植大叫：「關某休走！」關公勒馬大罵：「匹夫！我與你無讎，如何令人放火燒我？」王植拍馬挺槍，徑奔關公，被關公攔腰一刀，砍為兩段。人馬都趕散。關公催車仗速行，於路感胡班不已。◎20

◆過五關斬六將。此圖描繪關公誅殺卞喜場景。（葉雄繪）

行至滑州界首，有人報於劉延；延引十數騎出郭而迎。關公馬上欠身，而言曰：「太守別來無恙？」延曰：「公今欲何往？」公曰：「辭了丞相，去尋家兄。」延曰：「玄德在袁紹處，紹乃丞相讎人，如何容公去？」公曰：「昔日曾言定來。」延曰：「今黃河渡口關隘，夏侯惇部將秦琪據守，恐不容將軍過去。」公曰：「太守應付船隻，若何？」延曰：「船隻雖有，不敢應付。」公曰：「我前者誅顏良、文醜，亦曾與足下解危。今日求一渡船而不與，何也？」延曰：「只恐夏侯惇知之，必然罪我。」關公知劉延無用之人，遂自催車仗前進。◎21

到黃河渡口，秦琪引軍出，問：「來者何人？」關公曰：「漢壽亭侯關某也！」琪曰：「今欲何往？」關公曰：「欲投河北去尋兄長劉玄德，敬求借渡。」琪曰：「丞相公文何在？」公曰：「吾不受丞相節

〈評點〉

◎20：爲後文胡班歸蜀伏筆。（毛宗崗）

◎21：有殺有不殺，妙甚！若逢人便殺，便不成關公矣！（毛宗崗）

◆夜讀春秋。關羽因讀《春秋》而深明大義，非一般武將可比。（鄧嘉德繪）

制，有甚公文？」

琪曰：「吾奉夏侯將軍將令，守把關隘。你便插翅也飛不過去。」關公大怒曰：「你知我於路斬戮攔截者乎？」琪曰：「你只殺得無名下將，敢殺我麼？」關公怒曰：「汝比顏良、文醜若何？」秦琪大怒！縱馬提刀，直取關公。二馬相交只一合，關公刀起，秦琪頭落。◎22

關公曰：「當吾者已死！餘人不必驚走。速備船隻，送我渡河。」軍士急撐舟傍岸。關公請二嫂上船渡河，渡過黃河便是袁紹地方。關公所歷關隘五處，斬將六員。後人有詩嘆曰：

「挂印封金辭漢相，尋兄遙望遠途還；
馬騎赤兔行千里，刀偃青龍出五關；
忠義慨然沖宇宙，英雄從此震江山；
獨行斬將應無敵，今古留題翰墨間。」

關公於馬上自嘆曰：「吾非欲沿途殺人，奈事不得已也。◎23曹公知之，必以我爲負恩之人矣！」正行間，忽見一騎自北而來，大叫：「雲長少住！」關公勒馬視之，乃

◆河南省許昌市春秋樓內的關羽夜讀《春秋》像。（王立力／fotoe提供）

孫乾也。

關公曰：「自汝南相別，一向消息若何？」乾曰：「劉辟龔都自將軍回兵之後，復奪了汝南。遣某往河北約結好袁紹，請玄德同謀破曹之計。不想河北將士各相妬忌，田豐尚囚獄中，沮受黜退不用；審配、郭圖各自爭權。袁紹多疑，主持不定。某與劉皇叔商議先求脫身之計，今皇叔已往汝南會合劉辟去了。恐將軍不知，反到袁紹處，或為所害，特遣某於路迎接將軍。幸於此得見，將軍可速往汝南與皇叔相會。」

關公教孫乾拜見夫人。夫人問其動靜，孫乾備說：「袁紹二次欲斬皇叔，今幸脫身，往汝南去了。夫人可與皇叔此處相會。」二夫人皆掩面垂淚。◎24

關公依言不投河北去，徑取汝南來。正行之間，背後塵埃起處，一彪人馬趕來。當先夏侯惇大叫：「關某休走！」正是：

「大將阻關徒受死，一軍攔路復爭鋒！」

畢竟關公怎生脫身？且聽下文分解……

〈評點〉

◎22：斬卻六將！（毛宗崗）
◎23：眞心。（李贄）
◎24：寫得入情！（毛宗崗）

第二十八回　斬蔡陽兄弟釋疑　會古城主臣聚義

卻說關公同孫乾保二嫂向汝南進發，不想夏侯惇領三百餘騎從後追來。孫乾保車仗前行，關公回身勒馬按刀，問曰：「汝來趕我，有失丞相大度。」夏侯惇曰：「丞相無明文傳報。汝於路殺人，又斬吾部將，無禮太甚！我特來擒你，獻與丞相發落。」◎1言訖，便拍馬挺槍欲鬭。只見後面一騎飛來，大叫：「不可與雲長交戰！」

關公按轡不動，來使於懷中取出公文，謂夏侯惇曰：「丞相敬愛關將軍忠義，恐於路關隘攔截，故遣某特賫公文遍行諸處。」◎2惇曰：「關某於路殺把關將士，丞相知否？」來使曰：「此卻未知！」◎3

惇曰：「我只活捉他去見丞相，待丞相自放他。」關公怒曰：「吾豈懼汝耶？」拍馬持刀，直取夏侯惇，惇挺槍來迎。兩馬相交，戰不十合，忽又一騎飛至，大叫：「二將軍少歇！」惇挺槍，問來使曰：「丞相叫擒關某乎？」使者曰：「非也！丞相恐守關諸將阻擋關將軍，故又差某馳公文來放行。」◎4惇曰：「丞相知其於路殺人否？」使者曰：「未知！」惇曰：「既未知其殺人，不可放去！」指揮手下軍士，將關公圍住。關公大怒，舞刀迎戰。

兩個正欲交鋒，陣後一人飛馬而來，大叫：「雲長！元讓！休得爭戰！」眾視之，乃張遼也。二人各勒住馬，張遼近前，言曰：「奉丞相鈞旨，因聞知雲長斬關殺將，恐於路有阻，特差我傳諭各處關隘，任便放行。」◎5惇曰：「秦琪是蔡陽之甥。他將秦琪託付我處，今被關某所殺，怎肯干休？」遼曰：「我見蔡將軍，自有分解。既丞相大度，教放雲長去，公等不可廢丞相之意。」夏侯惇只得將軍馬約退。

遼曰：「雲長今欲何往？」關公曰：「聞兄長又不在袁紹處，吾今將遍天下尋之。」遼曰：「既未知玄德下落，且再回見丞相，若何？」關公笑曰：「安有是理，文遠回見丞相，幸爲我謝罪！」說畢，與張遼拱手而別。◎6

〈評點〉

◎1：沒得說。（李贄）

◎2：直待渡河之後公文方到，此曹操奸滑處。（毛宗崗）

◎3：第一次斬關之時，關吏必已飛報許都矣！豈有五關俱斬，而操猶未知者乎？其「未知」者，曹操教之也！恐知之而後發使，不見了自己人情耳！（毛宗崗）

◎4：老瞞絕通。（李贄）

◎5：前兩次言「未知」者，恐知其斬關而後發使，不見了人情也。此直言「已知」者，見得知其斬關，而並不怒；索性再賣個人情也。皆是曹操奸滑處。（毛宗崗）

◎6：公之來以遼始，公之去亦以遼終。（毛宗崗）

◆ 徽劇關羽臉譜。（毛小雨提供／江西美術出版社）

於是張遼與夏侯惇領軍自回。關公趕上車仗，與孫乾說知此事。二人並馬而行。行了數日，忽值大雨滂沱，行裝盡溼。◎7遙望山崗邊有一莊院，關公引著車仗，到彼借宿。莊內一老人出迎，關公具言來意。

老人曰：「某姓郭名常，世居於此。久聞大名，幸得瞻拜。」遂宰羊置酒相待，請二夫人於後堂暫歇。郭常陪關公、孫乾於草堂飲酒，一邊烘焙※1行李，一邊餵養馬匹。

至黃昏時候，忽見一少年引數人入莊，逕上草堂。郭常喚曰：「吾兒來拜將軍！」因謂關公曰：「此愚男也！」關公問：「何來？」常曰：「射獵方回。」少年見過關公，即下堂去了。常流淚言曰：「老夫耕讀傳家。止生此子，不務本業，惟以遊獵爲事。是家門不幸也！」關公曰：「方今亂世，若武藝精熟，亦可以取功名，何云不幸？」常曰：「他若肯習武藝，便是有志之人。今專務遊蕩，無所不爲，老夫所以憂耳！」關公亦爲歎息。至更深，郭常辭出。

關公與孫乾方欲就寢，忽聞後院馬嘶人叫。關公急喚從人，卻都不應，乃與孫乾提劍往視之。只見郭常之子倒在地上叫喚，從人正與莊客廝打。

公問其故，從人曰：「此人要來盜這赤兔馬，被馬踢倒。我等聞叫喚之聲，起來巡看，莊客們反來廝鬧。」公怒曰：「鼠賊焉敢盜吾馬？」恰待發作，郭常奔至，告曰：「不肖子爲此歹事，罪合萬死。奈老妻最憐愛此子，乞將軍仁慈寬恕：

……」◎8關公曰：「此子果然不肖，適纔老翁所言，眞『知子莫若父』也。我看翁面，且姑恕之！」遂分付從人看好了馬，喝散莊客，與孫乾回草堂歇息。

次日郭常夫婦出拜於堂前，謝曰：「犬子冒瀆虎威，深感將軍恩恕。」關公令將出：「我以正言教之！」常曰：「他於四更時分，又引數個無賴之徒，不知何處去了！」

關公謝別郭常，奉二嫂上車。出了莊院，與孫乾並馬，護著車仗，取山路而行。不及三十里，只見山背後擁出百餘人。爲首兩騎馬，前面那人頭裹黃巾，身穿戰袍。後面乃郭常之子也。

黃巾者曰：「我乃天公將軍張角部將也！來者快留下赤兔馬，放你過去。」關公大笑曰：「無知狂賊！汝既從張角爲盜，亦知劉、關、張兄弟三人名字否？」黃巾者曰：「我只聞赤面長髯者名關雲長，◎9卻未識其面。汝何人也？」

公乃停刀立馬，解開鬚囊，出長髯令視之。其人滾鞍下馬，揪※2郭常之子，拜獻於馬前。

〈評點〉

◎7：行路苦楚。（李漁）

◎8：盜馬反勝講道學也，何如何如。（李贄）

◎9：此人口中卻放下劉、張，獨問關公。又妙！（毛宗崗）

注釋

※1：用火烘乾。

※2：抓住腦後的頭髮。

◆武漢龜山三國城裴元紹塑像。（劉兆明／fotoe提供）

關公問其姓名，告曰：「某姓裴名元紹。自張角死後，一向無主；嘯聚山林，權於此處藏伏。今早這廝來報：『有一客人騎一匹千里馬，在我家投宿。』特邀某來劫奪此馬，不想卻遇將軍。」郭常之子拜伏乞命。關公曰：「吾看汝父之面，饒你性命。」◎10郭子抱頭鼠竄而去。

公謂元紹曰：「汝不識吾面，何以知吾名？」元紹曰：「離此二十里，有一臥牛山。山上有一關西人，姓周名倉，兩臂有千斤之力，黑面虬髯※3，形容甚偉。原在黃巾張寶部下爲將；張寶死，嘯聚山林。他多曾與某說將軍盛名，恨無門路相見。」

關公曰：「綠林中非豪傑託足之處，公等今後可各去邪歸正，勿自陷其身。」◎11元紹拜謝。正說話間，遙望一彪人馬來到。元紹曰：「此必周倉也！」關公乃立馬待之，果見一人，黑面長身，持槍乘馬，引眾而至。見了關公，驚喜曰：「此

關將軍也！」疾忙下馬，俯伏道旁，曰：「周倉參拜！」◎12

關公曰：「壯士何處曾識關某來？」倉曰：「舊隨黃巾張寶時，曾識尊顏；恨失身賊黨，不得相隨。今日幸得拜見，願將軍不棄，收爲步卒，早晚執鞭隨鐙，死亦甘心。」◎13公見其意甚誠，乃謂曰：「汝若隨我，汝手下人伴若何？」倉曰：「願從則俱從；不願從者，聽之可也。」於是眾人皆曰：「願從！」關公乃下馬，至車前稟問二嫂。

甘夫人曰：「叔叔自離許都，於路獨行至此，歷過多少艱難，並未嘗要軍馬相隨。前廖化欲相投，叔既卻之，今何獨容周倉之眾耶？我輩女流淺見，叔自斟酌。」公曰：「嫂嫂之言是也。」遂謂周倉曰：「非關某寡情，奈二夫人不從。汝等且回山中，待我尋見兄長，必來相招。」周倉頓首告曰：「倉乃一粗莽之夫，失身爲盜。今遇將軍，如重見天日，豈忍復錯過？若以眾人相隨爲不便，可令其盡跟裴元紹去。倉隻身步行，跟隨將軍，

〈評點〉

◎10：篤于兄弟者，不絕人之父子。（毛宗崗）

◎11：先生又講道學，何也？（李贄）

◎12：寫出驚喜之狀。（李漁）

◎13：周郎具眼。（李贄）

注釋

◆周倉（？～219），平陸西祁人，原為張寶部將，後從關羽，為貼身護衛。《三國演義》虛構的人物。民間傳說他的手腳上長有一層厚厚的茸毛，不怕燙，又能疾步如飛，能與赤兔馬相比，人稱「飛毛」。（葉雄繪）

※3：蜷曲的鬍鬚。

◆收周倉。此後，周倉與關公同生共死，須臾不離，因此，後世許多關公像，旁邊都有周倉侍立。（鄧嘉德繪）

雖萬里不辭也。」◎14

關公再以此言告二嫂。甘夫人曰：「一二人相從，無妨於事。」公乃令周倉撥人伴隨裴元紹去。元紹曰：「我亦願隨關將軍！」周倉曰：「汝若去時，人伴皆散。且當權時統領，我隨關將軍去，但有住紮處，便來取你。」元紹怏怏而別。周倉跟著關公往汝南進發。

行了數日，遙見一座山城。公問土人：「此何處也？」土人曰：「此名古城。數月前，有一將軍，姓張名飛，引數十騎到此，將縣官逐去，占住古城。招軍買馬，積草屯糧。今聚有三五千人馬，四遠無人敢敵。」◎15關公喜曰：「吾弟自徐州失散，一向不知下落。誰想卻在此！」乃令孫乾先入城通報，教來迎接二嫂。

卻說張飛在硭碭山中住了月餘。因出外探聽玄德消息，偶過古城，入縣借糧，縣官不肯；◎16飛怒，因就逐去縣官，奪了縣印，占住城池，權且安身。當日孫乾領關公命入城見飛。施禮畢，具言：「玄德離了袁紹處，投汝南去了。今雲長直從許都送二位夫人至此，請將軍出迎。」張飛聽罷，更不回言。隨即披挂，持丈八矛上馬，引一千餘人逕出城門。孫乾驚訝，又不敢問，只得隨出城來。

關公望見張飛到來，喜不自勝。付刀與周倉接了，拍馬來迎，只見張飛圓睜環眼，倒豎虎鬚，吼聲如雷，揮矛望關公便搠。◎17關公大驚，連忙閃過，便叫：「賢弟何故如此？豈忘了桃園結義耶？」

飛喝曰：「你既無義，有何面目來與我相見？」關公曰：「我如何無義？」飛曰：「你背了兄長，降了曹操，封侯賜爵，今又來賺我？我今與你拚個死活！」◎18

關公曰：「你原來不知，我也難說。現放著二位嫂嫂在此，賢弟請自問。」二夫人聽得，揭簾呼曰：「三叔何故如此？」飛曰：「嫂嫂住著！且看了我殺了負義

〈評點〉

◎14：周倉的是有骨頭人。（李贄）

◎15：碪碭山一去，直想至今，忽然出現，令人喜絕。（李漁）

◎16：這縣官大不曉事。（毛宗崗）

◎17：奇極！怪極！一路胡華、郭常、周倉、廖化等輩，無不出莊拜迎，下馬拜伏。至此愛弟相見，忽然挺矛便搠，眞驚煞人。（毛宗崗）

◎18：讀至此，令人替關公叫屈。（李漁）

◆正字戲《古城會》中的關羽和張飛裝扮。（毛小雨提供／江西美術出版社）

的人，然後請嫂嫂入城。」

甘夫人曰：「二叔因不知你等下落，故暫時棲身曹氏。今知你哥哥在汝南，特不避險阻，送我們到此。三叔休錯見了！」糜夫人曰：「二叔向在許都，原出於無奈。」飛曰：「嫂嫂休要被他瞞過！忠臣寧死而不辱，大丈夫豈有事二主之理？」

關公曰：「賢弟休屈了我！」孫乾曰：「雲長特來尋將軍！」飛喝曰：「如何你也胡說？他那裏有好心，必是來捉我。」關公曰：「我若捉你，須帶軍馬來！」飛把手指曰：「兀的※4不是軍馬來也？」◎19關公回顧，果見塵埃起處，一彪人馬來到，風吹旗號，正是曹軍。張飛大怒曰：「今還敢支吾※5麼？」挺丈八蛇矛，便搠將來！關公急止之，曰：「賢弟且住！你看我斬此來將，以表我眞心。」◎20飛曰：「你果有眞心，我這裏三通鼓罷，便要你斬來將。」關公應諾。

須臾，曹軍至。爲首一將，乃是蔡陽，提刀縱馬，大喝曰你殺吾外甥秦琪，卻原來逃在此。吾奉丞相命，特來拿你。」關公更不打話，舉刀便砍。張飛親自擂鼓，只見一通鼓未盡，關公刀起處，蔡陽頭已落地。眾軍士俱走。

關公活捉執認旗※6的小卒過來，問取來由，小卒告說：「蔡陽聞將軍殺了他

◆河北涿州張飛廟內的丈八蛇矛。
（Legacy images 提供）

外甥，十分忿怒；要來河北與將軍交戰，丞相不肯。因差他往汝南攻劉辟，不想在這裏遇著將軍。」關公聞言，教去張飛前告說其事。飛將關公在許都時事細問，小卒從頭至尾，說了一遍，飛方纔信。◎21

正說間，忽城中軍士來報：「城南門外有數十騎來的甚緊，不知是甚人？」張飛心中疑慮，便轉出南門，看時，果見十數騎輕弓短箭而來，見了張飛滾鞍下馬，視之，乃糜竺、糜芳也。飛亦下馬相見。

竺曰：「自徐州失散，我兄弟二人逃難回鄉，使人遠近打聽，知雲長降了曹操，主公在河北。又聞簡雍亦投河北去了，只不知將軍在此。昨於路上遇見一夥客人，說：『有一姓張

◆斬蔡陽兄弟釋疑。張飛並非不相信關公人品，他的懷疑是因為本身的是非觀極其明確。（fotoe提供）

〈評點〉

◎19：來得奇突。（李漁）

◎20：絕妙辨冤法！（毛宗崗）

◎21：既借曹將頭辨心跡於目前，又借曹軍口證往事於前日，張飛又不得不心服矣！（毛宗崗）

注釋

※4：「這」的意思，指點時所用詞語。

※5：用含混閃爍的言語搪塞。

※6：就是認軍旗，旗上有將領的官號或姓氏。

◆京劇《斬蔡陽》畫面。（毛小雨提供／江西美術出版社）

的將軍，如此模樣，今據古城。』我兄弟度量必是將軍，故來尋訪，幸得相見。」飛曰：「雲長兄與孫乾送二嫂方到，已知哥哥下落。」二糜大喜，同來見關公并參見二夫人。飛遂迎請二嫂入城，至衙中坐定。

二夫人訴說關公歷過之事，張飛方纔大哭，參拜雲長；◎22二糜亦俱傷感。張飛亦自訴別後之事，一面設宴賀喜。

次日張飛欲與關公同赴汝南見玄德。關公曰：「賢弟可保護二嫂，暫住此城。待我與孫乾先去探聽兄長消息。」飛允諾。

關公與孫乾引數十騎奔汝南來，劉辟龔都接著。關公便問：「皇叔何在？」劉辟曰：「皇叔到此住了數日。爲見軍少，復往河北袁本初處商議去了。」關公怏怏不樂。孫乾曰：「不必憂慮。再苦一番驅馳，仍往河北去報知皇叔，同至古城便了。」關公依言，辭了劉辟、龔都。

回至古城與張飛說知此事。張飛便欲同至河北。關公曰：「有此一城，便是我等安身之處，未可輕棄。我還與孫乾同往袁紹處，尋見兄長，來此相會。賢弟可堅守此城。」飛曰：「兄斬他顏良、文醜，如何去得？」關公曰：「不妨，我到彼當見機而行。」◎23遂喚周倉，問曰：「臥牛山裴元紹處共有多少人馬？」倉曰：「約有四五百。」關公曰：「我今抄近路去尋兄長，汝可往臥牛山招此一枝人馬，從大路上接來。」倉領命而去。

關公與孫乾只隨二十餘騎，投河北來。將至界首，乾曰：「將軍未可輕入，只在此間暫歇。待某先入見皇叔，別作商議。」◎24關公依言，先打發孫乾去了。遙望前村有一所莊院，便與從人到彼投宿。莊內一老翁攜杖而出，與關公施禮。公俱以實告，老翁曰：「某亦姓關名定。久聞大名，幸得瞻謁。」遂命二子出見，款留關公，并從人俱留於莊內。

且說孫乾匹馬入冀州見玄德，具言前事。玄德曰：「簡雍亦在此間，可暗請來同議。」少頃，簡雍至，與孫乾相見畢，共議脫身之計。雍曰：「主公明日見袁紹，只說要往荊州見劉表，共破曹操，便可乘機而去。」玄德曰：「此計大妙！但公能隨我去

〈評點〉

◎22：前何等辱罵，今何等欽敬，英雄血性，往往如此。（李漁）

◎23：爲後不入境伏筆。（毛宗崗）

◎24：孫乾可謂精細。（李漁）

◆古城會。了卻嫌疑之後，張飛痛哭，參拜關羽。（鄧嘉德繪）

否？」雍曰：「某亦自有脫身之計！」

商議已定，次日玄德入見袁紹，告曰：「劉景升鎮守荊、襄九郡，兵精糧足。宜與相約，共攻曹操。」紹曰：「吾嘗遣使約之，奈彼未肯相從？」玄德曰：「此人是備同宗，備往說之，必無推阻。」紹曰：「若得劉表，勝劉辟多矣！」遂命玄德行。

紹又曰：「近聞關雲長已離了曹操，欲來河北。吾當殺之，以雪顏良、文醜之恨。」◎25玄德曰：「明公前欲用之，吾故召之。今何又欲殺之耶？且顏良、文醜，比之二鹿耳，雲長乃一虎也；失二鹿而得一虎，何恨之有？」紹笑曰：「吾故愛之，故戲言耳。公可再使人召之，令其速來。」玄德曰：「即遣孫乾往召之可也。」紹大喜從之。

玄德出，簡雍進曰：「玄德此去，必不回矣！某願與偕往，一則同說劉表，二則監住玄德。」◎26紹然其言，便命簡雍與玄德同行。郭圖諫紹曰：「劉備前去說劉辟，未見成事。今又使與簡雍同往荊州，必不返矣！」紹曰：「汝勿多疑，簡雍自有識見。」郭圖嗟呀而出。

卻說玄德先命孫乾出城回報關公。一面與簡雍辭了袁紹，上馬出城，行至界首，孫乾接著，同往關定莊上，關公迎門接拜，執手啼哭不止。關定領二子拜於草堂之前，玄德問其姓名。關公曰：「此人與弟同姓，有二子。長子關寧，學文。次子關平，學武。」關定曰：「今愚意欲遣次子跟隨關將軍，未識肯容納否？」◎27玄德曰：「年幾何矣？」定曰：「十八歲矣！」玄德曰：「既蒙長者厚意，吾弟尚未有子，今即以賢郎爲子，若何？」關定大喜！便命關平拜關公爲父，呼玄德爲伯父。

玄德恐袁紹追之，急收拾起行。關平隨著關公一齊起身，關定送了一程，自回。關公教取路往臥牛山來。正行間，忽見周倉引數十人帶傷而來。

關公引他見了玄德，問其：「何故受傷？」倉曰：「某未至臥牛山之前，先有一將單騎而來，與裴元紹交鋒。只一合刺死裴元紹，盡數招降人伴，占住山寨。周倉到彼招誘人伴時，止有這幾個過來，餘者俱懼怕，不敢擅離。倉大怒，與那將交戰，被他連勝數次，身中三槍。因此來報主公。」

玄德曰：「此人怎生模樣？姓甚名誰？」倉曰：「極其雄壯，不知姓名。」於是關公縱馬當先，玄德在後，逕投臥牛山來。周倉在山下叫罵，只見那將全付披挂，持槍驟馬，引眾下山。玄德早揮鞭出馬，

〈評點〉

◎25：不與關公同入，確有主見。（李漁）

◎26：簡雍更妙。（李贄）

◎27：郭子不肖而郭常乞留之，關子賢而關定欲遣之。畢竟郭常不脫常情，關定自有定見。（毛宗崗）

◆關平（178～219），河東解縣（今山西運城）人。關羽之子，荊州失守後，在臨沮和關羽一同被東吳擒獲，而後被殺。（葉雄繪）

大叫曰：「來者莫非子龍否？」◎28那將見了玄德，滾鞍下馬，拜伏道旁，原來果然是趙子龍。

玄德、關公俱下馬相見。問其：「何由至此？」雲曰：「雲自別使君，不想公孫瓚不聽人言，以致兵敗自焚。袁紹屢次招雲，雲想紹亦非用人之人，因此未往。後欲至徐州投使君，又聞徐州失守；雲長已歸曹操，使君又在袁紹處。雲幾番欲來相投，只恐袁紹見怪。四海飄零，無容身之地。前偶過此處，適遇裴元紹下山來，欲奪我馬，雲因殺之，借此安身。近聞翼德在古城，欲往投之，未知眞實。今幸得遇使君。」◎29

玄德大喜，訴說從前之事，關公亦訴前事。玄德曰：「吾初見子龍，便有留戀不捨之情。今幸得相遇。」雲曰：「雲奔走四方，擇主而事，未有如使君者。今得相隨，大稱平生。雖肝腦塗地無恨矣！」◎30當日就燒燬山寨，率領人眾，盡隨玄德前赴古城。

張飛、糜竺、糜芳迎接入城，各相拜訴。二夫人具言雲長之事，玄德感歎不已。於是殺牛宰馬，先拜謝天地，然後遍勞諸軍。

玄德見兄弟重聚，將佐無缺。又新得了趙雲，關公又得了關平、周倉二人，歡喜無限，連飲數日。◎31後人有詩讚之曰：

「當時手足似瓜分，信斷音稀杳不聞；

今日君臣重聚義，正如龍虎會風雲。」

時玄德、關、張、趙雲、孫乾、簡雍、糜竺、糜芳、關平、周倉，統領馬部軍校共四五千人。玄德欲棄了古城，去守汝南，恰好劉辟、龔都差人來請。於是遂起軍往汝南駐紮。招軍買馬，徐圖征進，不在話下。

且說袁紹見玄德不回，大怒，欲起兵伐之。郭圖曰：「劉備不足慮，曹操乃勁敵也，不可不除。劉表雖據荊州，不足爲強。江東孫伯符威鎭三江，地連六郡，謀臣武士極多。可使人結之，共攻曹操。」紹從其言，即修書，遣陳震爲使，來會孫策。正是：

「只因河北英雄去，引出江東豪傑來。」

未知其事如何？且聽下回分解……

◆會古城主臣聚義。劉、關、張重聚，又新得趙雲等人，歡喜無限。（fotoe提供）

〈評點〉

◎28：意外出奇。自徐州一別，至今方見。（李漁）

◎29：英雄行動如此，你道似世上那一班秀才否？（李贄）

◎30：剖心瀝膽之言！（毛宗崗）

◎31：快樂至極。（李漁）

第二十九回　小霸王怒斬于吉　碧眼兒坐領江東

卻說孫策自霸江東，兵精糧足。建安四年，襲取廬江，敗劉勳。使虞翻馳檄豫章，豫章太守華歆投降。自此聲勢大振。乃遣張紘往許昌上表獻捷。曹操知孫策強盛，嘆曰：「獅兒難與爭鋒也！」遂以曹仁之女，許配孫策幼弟孫匡，兩家結婚。◎1留張紘在許昌。

孫策求爲大司馬，曹操不許。策恨之，常有襲許都之心。◎2於是吳郡太守許貢乃暗遣使赴許都，上書於曹操。其略曰：

「孫策驍勇，與項籍相似。朝廷宜外示榮寵，召還京師；不可使居外鎮，以爲後患！」

使者齎書渡江，被防江將士所獲，解赴孫策處。策觀書大怒！斬其使，遣人假意請許貢議事。貢至，策出書示之，叱曰：「汝欲送我於死地耶？」命武士絞殺之。貢家屬皆逃散，有家客三人，欲爲許貢報仇，恨無其便。◎3

一日，孫策引軍會獵於丹徒之西山，趕起一大鹿，策縱馬上山逐之。

◆張紘（約152～211），字子綱，廣陵（今江蘇揚州）人。東漢末年文學家，東吳謀士，精於詩賦，同時是書法家，工小篆、飛白，又善楷書。（葉雄繪）

正趕之間，只見樹林之內有三個人，持槍帶弓而立。策勒馬，問曰：「汝等何人？」答曰：「乃韓當軍士也，在此射鹿。」策方舉轡欲行，一人挺槍望策左腿便刺！策大驚！急取佩劍，從馬上砍去，劍刃忽墜，止存劍靶在手。一人早拈弓搭箭射來，正中孫策面頰，策就拔面上箭，取弓回射。放箭之人應弦而倒。那二人舉槍向孫策亂搠，大叫曰：「我等是許貢家客，特來爲主人報仇！」

策別無兵械，只以弓拒之，且拒且走。二人死戰不退，策身被數槍，馬亦帶傷。正危急之時，程普引數人至，孫策大叫：「殺賊！」程普引眾齊上，將許貢家客砍爲肉泥。◎4看孫策時，血流滿面，被傷至重；乃以刀割袍，裹其傷處，救回吳會養病。後人有詩讚許家三客，曰：

「孫郎智勇冠江湄，射獵山中受困危；
許客三人能死義，殺身豫讓未爲奇。」

卻說孫策受傷而回，使人尋請華陀醫治。不想華陀已往中原去了，止有徒弟在吳。命其治療，其徒曰：「箭頭有藥，毒已入骨。須靜養

〈評點〉

◎1：曹操結婚，孫策與袁術求婚，呂布一樣主意。（毛宗崗）
◎2：呂與袁以絕婚而不睦，孫與曹以結婚而亦不睦，兩樣局面。（李漁）
◎3：三人可用。（李贄）
◎4：義哉三客！（李漁）

◆戲曲臉譜《怒斬于神仙》之許貢。東吳郡守。勾藍三塊瓦臉，額中黃光飾紅紋，示其因私通曹操而被絞殺。（田有亮繪）

百日，方可無虞；若怒氣衝激，其瘡難治。」孫策爲人最是性急，恨不得即日便愈。

將息到二十餘日，忽聞張紘有使者自許昌回。策喚問之，使者曰：「曹操甚懼主公，其帳下謀士亦俱敬服，惟有郭嘉不服。」策曰：「郭嘉曾有何說？」使者不敢言。策怒，固問之。使者只得從實告曰：「郭嘉曾對曹操言主公不足懼也：『輕而無備，性急少謀，乃匹夫之勇耳。他日必死於小人之手！』」◎5策聞言，大怒曰：「匹夫安敢料吾？吾誓取許昌！」遂不待瘡癒，便欲商議出兵。

張昭諫曰：「醫者戒主公百日休動，今何因一時之怒，自輕萬金之軀？」……正話間，忽報袁紹遣使陳震至。策喚入問之，震具言：「袁紹欲結東吳爲外應，共攻曹操。」策大喜，即日會諸將於城樓上，設宴款待陳震。

飲酒久間，忽見諸將互相偶語，紛紛下樓。策怪，問：「何故？」左右曰：「有于神仙者，今從樓下過，諸將欲往拜之耳。」策起身，凭欄視之。見一道人身披鶴氅※1，手攜藜杖，立於當道。百姓俱焚香伏道而拜。策怒曰：「是何妖人？快與我擒來！」◎6

左右告曰：「此人姓于名吉。寓居東方，往來吳、會，普施符水，救人萬病，無有不驗。當世呼爲神仙，未可輕瀆。」策愈怒，喝令：「速速擒來！違者斬！」左右不得已，只得下樓，擁于吉至樓上。

策叱曰：「狂士怎敢煽惑人心？」于吉曰：「貧道乃瑯琊宮道士，順帝時曾入山採藥，得神書於曲陽泉水上，號曰：『太平青領道』，凡百餘卷，皆治人疾病方術。貧道得之，惟務代天宣化，普救萬人，未曾取人毫釐之物，安得煽惑人心？」策曰：「汝毫不取人，衣服飲食從何而得？◎7汝即黃巾張角之流。今若不

〈評點〉

◎5：句句吃他說著。（李漁）

◎6：又性急。（李漁）

◎7：問得不差。（李漁）

◆于吉（？～200），一作幹吉，東漢末道士，瑯琊(今山東膠南)人，被普遍認為是道教經典《太平經》的作者。在吳郡、會稽一帶為百姓治病，深受敬仰。孫策以迷惑人心為由將他斬首。（fotoe提供）

注釋

※1：用鳥羽製成的大衣。

誅，必爲後患。」叱左右斬之。

張昭諫曰：「于道人在江東數十年，並無過犯，不可殺害。」策曰：「此等妖人，吾殺之何異屠豬狗？」眾官皆苦諫，陳震亦勸。策怒未息，命且囚於獄中。眾官俱散，陳震自歸館驛安歇。

孫策歸府，早有內侍傳說此事與策母吳太夫人知道。夫人喚孫策入後堂，謂曰：「我聞汝將于神仙下於縲絏※2。此人多曾醫人疾病，軍民敬仰，不可加害。」策曰：「此乃妖人，能以妖術惑眾，不可不除。」夫人再三勸解，策曰：「母親勿聽外人妄言，兒自有區處。」乃出，喚獄吏取于吉來問。原來獄吏皆敬信于吉，吉在獄中時，盡去其枷鎖。及策喚取，方帶枷鎖而出。策訪知，大怒！痛責獄吏，仍將于吉械繫下獄。

張昭等數十人連名作狀，拜求孫策，乞保于神仙。策曰：「公等皆讀書人，何不達理？昔交州有一刺史張津，聽信邪教，鼓瑟焚香，常以紅帕裹頭，自稱可助出軍之威，後竟爲敵軍所殺。此等事甚無益，諸君自未悟耳！吾欲殺于吉，正思禁邪覺迷也。」呂範曰：「某素知于道人能祈風禱雨。方今天旱，何不令其祈雨以贖罪？」策曰：「吾且看此妖人若何？」遂命於獄中取出于吉，開其枷鎖，令登壇求雨。

吉領命，即沐浴更衣，取繩自縛于烈日之中。◎8百姓觀者塡街塞巷。于吉謂

眾人曰：「吾求三尺甘霖，以救萬民。然我終不免一死。」眾人曰：「若有靈驗，主公必然敬服。」于吉曰：「氣數至此，恐不能逃。」

少頃，孫策親至壇中，下令：「若午時無雨即焚死于吉。」先令人堆積乾柴伺候。將及午時，狂風驟起！風過處，四下陰雲漸合。策曰：「時已近午，空有陰雲，而無甘雨。正是妖人！」叱左右將于吉扛上柴堆，四下舉火。燄隨風起，忽見黑烟一道沖上，空中一聲響亮！雷電齊發，大雨如注。頃刻之間，街市成河，溪澗皆滿，足有三尺甘雨。

于吉仰臥於柴堆之上，大喝一聲！雲收雨住，復見太陽。◎9於是眾官及百姓共將于吉扶下柴堆，解去繩索，再拜稱謝。孫策見官民俱羅拜於水中，不顧衣服，乃勃然大怒！叱曰：「晴雨乃天地之定數，妖人偶乘其便，你等何得如此惑亂？」掣寶劍令左右速斬于吉。眾官力諫，策怒曰：「爾等皆欲從于吉造反耶？」眾官乃不敢復言。

策叱武士將于吉一刀斬頭落地，只見一道青氣投東北去了。策命將其屍首號令

〈評點〉

◎8：前孫策欲拘囚于吉，則獄吏私開其枷鎖；今孫策命開其枷鎖，則于吉反取繩自縛。映射成趣。（毛宗崗）

◎9：好看好看。（李贄）

注釋

※2：縛犯人的繩索，這裡借指監獄。

於市，以正妖妄之罪。

是夜風雨交作，及曉不見了于吉屍首。守屍軍士報知孫策，策怒，欲殺守屍軍士。忽見一人從堂前徐步而來，視之卻是于吉。策大怒，正欲拔劍砍之，忽然昏倒於地。左右急救入臥內，半晌方甦。

吳太夫人來視疾，謂策曰：「吾兒屈殺神仙，故招此禍。」策笑曰：「兒自幼隨父出征，殺人如麻，何曾有爲禍之理？今殺妖人，正絕大禍，安得反爲我禍？」夫人曰：「因

◆小霸王怒斬于吉。本書寫到不少方士和奇異之事，真僞混雜。（fotoe提供）

汝不信，以致如此。今可作好事以禳※3之。」策曰：「吾命在天，妖人決不能爲禍！何必禳耶？」夫人料勸不信；乃自令左右暗修善事禳解。

是夜三更，策臥於內宅。忽然陰風驟起！燈滅而復明。燈影之下，見于吉立於牀前。策大喝曰：「吾平生誓誅妖妄，以靖天下。汝既爲陰鬼，何敢近我？」取牀頭劍擲之，忽然不見。

吳太夫人聞之，轉生憂悶。策乃扶病強行，以寬母心。母謂策曰：「聖人云：『鬼神之爲德，其盛矣乎！』又云：『禱爾於上下神祇。』鬼神之事，不可不信。汝屈殺于先生，豈無報應？吾已令人設醮※4於郡之玉清觀內，汝可親往拜禱，自然安妥。」策不敢違母命，只得勉強乘轎至玉清觀。

道士接入，請策焚香。策焚香而不拜。忽香爐中烟起不散，結成一座華蓋，上面端坐著于吉。策怒，唾罵之。走離殿宇，又見于吉立於殿門，怒目視策。策顧左右曰：「汝等見妖鬼否？」左右皆云：「未見！」策愈怒，拔佩劍望于吉擲去，一人中劍而倒，眾視之，乃前日動手殺于吉之小卒，被劍砍入腦袋，七竅流血而死。◎10策命扛出葬之。

比及出觀，又見于吉走入觀門來，策曰：「此觀亦藏妖之所也！」遂坐於觀

〈評點〉

◎10：小卒動手殺于吉，非小卒之意。吉若恨而殺之，亦不成神仙矣！（毛宗崗）

注釋

※3：古人用祈禱求神的迷信方式以圖免除災禍。

※4：道士設壇祭祀。

前，命武士五百人拆毀之。武士方上屋揭瓦，卻見于吉立於屋上，飛瓦擲地。策大怒，傳令逐出本觀道士，放火燒燬殿宇。火起處，又見于吉立於火光之中。策怒歸府，又見于吉立於府門前。

策乃不入府，隨點起三軍，出城外下寨。傳喚眾將，商議欲起兵助袁紹夾攻曹操。眾將俱曰：「主公玉體違和，未可輕動。且待平愈，出兵未遲。」是夜，孫策宿於寨內，又見于吉披髮而來。策於帳中叱喝不絕！

次日，吳太夫人傳命召策回府。策乃歸見其母。夫人見策形容憔悴，泣曰：「兒失形矣！」策即引鏡自照，果見形容十分瘦損，不覺失驚，顧左右曰：「吾奈何憔悴至此耶？」言未已，忽見于吉立於鏡中。策拍鏡大叫一聲，金瘡迸裂，昏絕於地。

夫人令扶入臥內。須臾甦醒，自嘆曰：「吾不能復生矣！」隨召張昭等諸人，及弟孫權，至臥榻

◆武漢龜山三國城孫權、孫策塑像。（劉兆明／fotoe提供）

前。囑付曰：「天下方亂。以吳越之衆，三江之固，大可有爲。子布等幸善相吾弟。」乃取印綬與孫權曰：「若舉江東之衆，決機於兩陣之間，與天下爭衡，卿不如我。舉賢任能，使各盡力以保江東，我不如卿。卿宜念父兄創業之艱難，善自圖之！」權大哭，拜受印綬。

策告母曰：「兒天年已盡，不能奉慈母。今將印綬付弟，望母朝夕訓之。父兄舊人，慎勿輕怠。」母哭曰：「恐汝弟年幼，不能任大事，當復如何？」策曰：「弟才勝兒十倍，足當大任。倘內事不決，可問張昭。外事不決，可問周瑜。◎11恨周瑜不在此，不得面囑之也！」又喚諸弟，囑曰：「吾死之後，汝等並輔仲謀。宗族中敢有生異心者，衆共誅之。骨肉爲逆，不得入祖墳安葬。」諸弟泣受。又喚妻喬夫人謂曰：「吾與汝不幸中途相分，汝須孝養尊姑，早晚汝妹入見，可囑其轉致周郎，盡心輔佐吾弟，休負我平日相知之雅。」言訖，瞑目而逝，年止二十六歲。

後人有詩讚曰：

「獨戰東南地，人稱小霸王。運籌如虎踞，決策似鷹揚。
威鎮三江靖，名聞四海香。臨終遺大事，專意屬周郎。」

〈評點〉

◎11：內事外事分得妙。（毛宗崗）

◆孫權（182～252），字仲謀，吳郡富春縣（今浙江富陽）人。西元229年稱帝，建立吳國，即東吳，史稱孫吳。稱帝后曾大規模派人航海，加強對夷州（今臺灣）的聯繫。但同時日益驕奢獨斷，且賦役繁重，刑罰殘酷，人民經常起義反抗。（葉雄繪）

孫策既死，孫權哭倒於牀前。張昭曰：「此非將軍哭時也，宜一面治喪事，一面理軍國大事。」權乃收淚。張昭令孫靜理會喪事，請孫權出堂，受眾文武慶賀。孫權生得方頤※5大口，碧眼紫髯。昔漢使劉琬入吳，見孫家諸昆仲，因語人曰：「吾遍觀孫氏兄弟，雖各才氣秀達，然皆祿祚不永；惟仲謀形貌奇偉，骨骼非常，乃大貴之表，又享高壽，眾皆不及也。」

且說當時孫權承孫策遺命，掌江東之事，經理未定。人報：「周瑜自巴丘提兵回吳。」權曰：「公瑾已回，吾無憂矣！」——原來周瑜守禦巴丘，聞知孫策中箭被傷，因此回來問候。將至吳郡，聞策已亡，故星夜來奔喪。◎12

當下周瑜哭拜於孫策靈柩之前。吳太夫人出，以遺囑之語告瑜，瑜拜伏於地，曰：「敢不効犬馬之力，繼之以死？」少頃，孫權入。周瑜拜見畢，權曰：「願公無忘先兄遺命。」瑜頓首曰：「願以肝腦塗地，報知己之恩。」

權曰：「今承父兄之業，將何策以守之？」瑜曰：「自古得人者昌，失人者亡。為今之計，須求高明遠見之人為輔，然後江東可定也。」權曰：「先兄遺言：內事託子布，外事全賴公瑾。」瑜曰：「子布賢達之士，足當大任，瑜不才，恐負倚託之重。願薦一人，以輔將軍。」◎13

權問：「何人？」瑜曰：「姓魯名肅，字子敬，臨淮東川人也。此人胸懷韜略，腹隱機謀。早年喪父，事母至孝。其家極富，嘗散財以濟貧乏。瑜當居巢長之時，將數百人過臨淮，因乏糧，聞魯肅家有兩囷米，各三千斛，因往求助。肅即指一囷相贈，其慷慨如此。平生好擊劍騎射，寓居曲阿，祖母亡，還葬東城。其友劉子揚欲約彼往巢湖投鄭寶。肅尚躊躇未往。今主公可速召之！」權大喜，即命周瑜往聘。

瑜奉命親往見肅，敘禮畢，具道孫權相慕之意。肅曰：「近劉子揚約某往巢湖，某將就之。」瑜曰：「昔馬援對光武云：『當今之世，非但君擇臣，臣亦擇

〈評點〉

◎12：看他補敘處，何等周到！（毛宗崗）

◎13：從來能國者，必舉賢為先。（李漁）

注釋

◆魯肅（172～217），字子敬，臨淮東城（今安徽定遠）人，三國時期東吳著名政治家和外交家。不但治軍有方，名聞遐邇，而且深謀遠慮，見解超人。《三國演義》過分強調他的忠厚老實，而忽略了他的才能。（葉雄繪）

※5：面頰、腮。

◆諸葛瑾（174～241），字子瑜，瑯邪陽都（今山東沂南）人，諸葛亮兄，三國時東吳謀臣。胸懷寬廣，溫厚誠信，深受孫權信賴。（葉雄繪）

君。』今吾孫將軍親賢禮士，納奇錄異，世所罕有。足下不須他計，只同我往投東吳爲是。」肅從其言，遂同周瑜來見孫權。權甚敬之，與之談論，終日不倦。

一日，眾官皆散。權留魯肅共飲至晚，同榻抵足而臥。夜半，權謂肅曰：「方今漢室傾危，四方紛擾。孤承父兄餘業，思爲桓、文之事※6，君將何以教我？」

肅曰：「昔漢高祖欲尊事義帝※7而不獲者，以項羽爲害也。今之曹操可比項羽，將軍何由得爲桓文乎？肅竊料漢室不可復興，曹操不可卒除；爲將軍計，惟有鼎足江東，以觀天下之釁。今乘北方多務，剿除黃祖，進伐劉表，竟長江所極而據守之；然後建號帝王，以圖天下。此高祖之業也。」◎14權聞言，大喜！披衣起謝。

次日，厚贈魯肅，并將衣服帳幃等物賜肅之母。

肅又薦一人見孫權。此人博學多才，事母至孝。覆姓諸葛名瑾，字子瑜，瑯琊南陽人也。權拜之爲上賓。瑾勸權勿通袁紹，且順曹操。然後乘便圖之，權依言，乃遣陳震回，以書絕袁紹。

卻說曹操聞孫策已死，欲起兵下江南，侍御史張紘諫曰：「乘人之喪而伐之，既非義舉，若其不克，棄好成仇。不如因而善遇之。」操然其說，乃即奏封孫權爲將軍，兼領會稽太守。既令張紘爲會稽都尉，賫印往江東。

孫權大喜，又得張紘回吳，即命與張昭同理政事。張紘又薦一人於孫權。此人姓顧名雍，字元歎，乃中郎蔡邕之徒。其爲人少言語，不飲酒。嚴厲正大。◎15權以爲丞，行太守事。自是孫權威震江東，深得民心。

且說陳震回見袁紹，具說：「孫策已亡，孫權繼立。曹操封之爲將軍，結爲外應矣！」袁紹大怒，遂起青、冀、幽、并等處人馬七十餘萬，復來攻取許昌。正是：

「江南兵革方休息，冀北干戈又復興。」

未知勝負如何？且看下回分解……

〈評點〉

◎14：天下大勢，已了然胸中，其識見不在孔明之下。（毛宗崗）

◎15：其人嚴正如此。（李漁）

注釋

◆顧雍（168～243），字元歎，吳郡吳縣人。曾任三國孫吳丞相。生於名門望族，從小聰明機靈，曾跟隨蔡邕學琴與書法。擔任丞相後，時常訪察民間疾苦，並提出了不少適當而有效的辦法，為吳國的興盛和繁榮立下大功，但並不居功自傲，仗勢凌人。（葉雄繪）

※6：想要效法齊桓公、晉文公的事業。二者都是春秋五霸中的人物。

※7：指秦朝末年項梁所立的楚懷王。項羽入關後尊他爲義帝。

第三十回　戰官渡本初敗績　劫烏曹孟德燒糧

卻說袁紹興兵望官渡進發。夏侯惇發書告急，曹操起軍七萬，前往迎敵，留荀彧守許都。

紹兵臨發，田豐從獄中上書，諫曰：「今且宜靜守以待天時，不可妄興大兵，恐有不利。」◎1逄紀譖曰：「主公興仁義之師，田豐何得出此不祥之語？」紹因怒，欲斬田豐。眾官告免。紹恨曰：「待吾破了曹操，明正其罪。」遂催軍進發，旌旗遍野，刀劍如林。行至陽武，下定寨柵。

沮授曰：「我軍雖眾，而勇猛不及彼軍；彼軍雖精，而糧草不如我軍。彼軍無糧，利在急戰；我軍有糧，宜且緩守。若能曠以日月，則彼軍不戰自敗矣！」紹怒曰：「田豐慢我軍心，吾回日必斬之！汝安敢又如此？」叱左右將沮授鎖禁軍中：「待我破曹之後，與田豐一體治罪。」於是下令：將大軍七十萬，東西南北，週圍安營，連絡九十餘里。

細作探知虛實，報至官渡。曹軍新到，聞之皆懼。曹操與眾謀士商議。荀攸曰：「紹軍雖多，不足懼也！我軍俱精銳之士，無不一以當十，但利在急戰。若遷延日月，糧草不敷，事可憂矣！」◎2操曰：「所言正合吾意！」遂傳令將軍鼓譟而進。紹軍來迎，兩邊排成陣勢。

審配撥弩手一萬，伏於兩翼；弓箭手五千，伏於門旗內；約礮響齊發。三通鼓罷，袁紹金盔金甲，錦袍玉帶，立馬陣前。左右排列著張郃、高覽、韓猛、淳于瓊等諸將。旌旗節鉞，甚是嚴整。曹陣上，門旗開處，曹操出馬。許褚、張遼、徐晃、李典等，各持兵器，前後擁衛。◎3

曹操以鞭指袁紹，曰：「吾

〈評點〉

◎1：田豐第一次請緩戰，第二次請急戰，今第三、第四次皆請勿戰。確有斟酌。（毛宗崗）

◎2：所見與沮授同。此用而彼不用者，所遇之主異耳。（毛宗崗）

◎3：此番二人大決雌雄。（李漁）

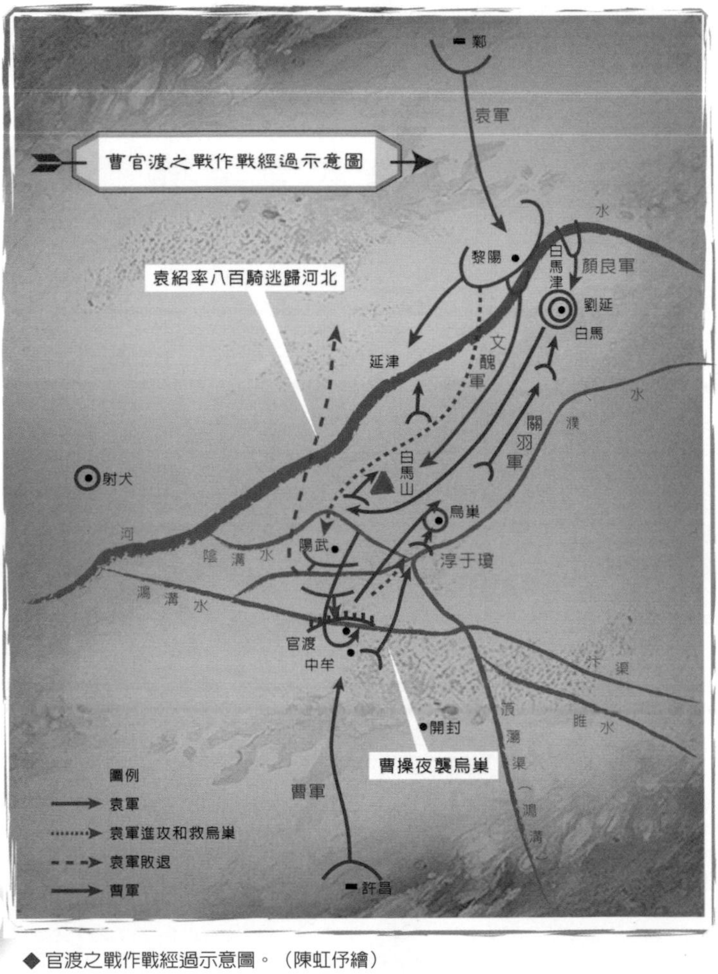

◆官渡之戰作戰經過示意圖。（陳虹伃繪）

於天子之前保奏你為大將軍，今何故謀反？」紹怒曰：「汝託名漢相，實為漢賊；罪惡彌天，甚於莽、卓。乃反誣人造反耶？」操曰：「吾今奉詔討汝！」紹曰：「吾奉衣帶詔討賊！」◎4

操怒，使張遼出戰。張郃躍馬來迎，二將鬭了四五十合，不分勝負。曹操見了，暗暗稱奇。許褚揮刀縱馬，直出助戰。高覽挺槍接住。四員將捉對兒廝殺。曹操令夏侯惇、曹洪各引三千軍，齊衝彼陣。審配見曹軍來衝陣，便教放起號砲。兩下萬弩並發，中軍內弓箭手一齊擁出陣前亂射。◎5曹軍如何抵敵？望南急走。袁紹驅兵掩殺，曹軍大敗，盡退至官渡。

袁紹移軍逼近官渡下寨。審配曰：「今可撥兵十萬守官渡，就曹操寨前築起土山，令軍人下視寨中放箭。操若棄此而去，吾得此隘口，許昌可破矣。」紹從之。於各寨內選精壯軍人，用鐵鍬土擔，齊來曹操寨邊，壘土成山。

曹營內見袁軍堆築土山，欲待出去衝突，被審配弓弩手當住咽喉要路，不能進前。十日之內，築成土山五十餘座。上立高櫓※1，分撥弓弩手於其上射箭。曹軍大懼，皆頂著遮箭牌守禦。土山上一聲梆子響處，箭下如雨。曹軍皆蒙楯伏地，袁軍吶喊而笑。◎6

◆張郃（？～231），字俊乂，河間鄚縣（今河北任丘北）人，三國時魏國名將，「五子良將」之一。諸葛亮第一次北伐時，張郃在街亭大敗蜀將馬謖，導致諸葛亮撤兵。諸葛亮第四次北伐時，因糧盡退兵，張郃追至木門，被飛矢射中右膝而亡。（葉雄繪）

曹操見軍慌亂，集眾謀士問計。劉曄進曰：「可作發石車以破之！」操令曄進車式，連夜造發石車數百乘，分布營牆內，正對著土山上雲梯。候弓箭手射箭時，營內一齊拽動石車，礮石飛空，往上亂打。人無躲處，弓箭手死者無數。袁軍皆號其車爲「霹靂車」。由是袁軍不敢登高射箭。

審配又獻一計。令軍人用鐵鍬暗打地道，直透曹營內。號爲「掘子軍」。曹兵望見袁軍於山後掘土坑，報知曹操，操又問計於劉曄。曄曰：「此袁軍不能攻明而攻暗，發掘伏道，欲從地下透營而入耳。」操曰：「何以禦之？」曄曰：「可遶營掘長塹，則彼伏道無用也！」◎7操

◆戰官渡本初敗績。戰爭初期，袁紹方面佔有優勢。（fotoe提供）

〈評點〉

◎4：只此七字，抵得一篇陳琳檄文。（毛宗崗）

◎5：袁軍慣以箭取勝，此北人長技也。（毛宗崗）

◎6：吶喊與笑相連，此等軍聲從來未有。（毛宗崗）

◎7：卻是對手。（李贄）

注釋

※1：也叫樓櫓，一種頂部沒有蓋覆的瞭望樓，具有軍事用途。

連夜差軍掘塹。袁軍掘伏道到塹邊，果不能入，空費軍力。

卻說曹操守官渡，自八月起，至九月終。軍力漸乏，糧草不繼。意欲棄官渡退回許昌，遲疑未決。乃作書遣人赴許昌問荀彧。彧以書報之，◎8書略曰：

「承尊命使決進退之疑。愚以袁紹悉眾聚於官渡，欲與明公決勝負；公以至弱當至強，若不能制，必爲所乘；是天下之大機也。紹軍雖眾，而不能用。以公之神武明哲，何向而不濟？今軍實雖少，未若楚、漢在滎陽成皋間也。公今畫地而守，扼其喉而使不能進，情見勢竭，必將有變。此用奇之時，斷不可失；惟明公裁察焉！」◎9

曹操得書，大喜，令將士效力死守。

紹軍約退三十餘里，操遣將出營巡哨。有徐晃部將史渙獲得袁軍細作，解見徐晃。晃問其軍中虛實，答曰：「早晚大將韓猛運糧至軍前接濟，先令我等探路。」徐晃便將此事報知曹操。

荀攸曰：「韓猛匹夫之勇耳。若遣一人引輕騎數千，從半路擊之，斷其糧草，紹軍自亂。」◎10操曰：「誰人可往？」攸曰：「即遣徐晃可也！」操遂差徐晃帶將史渙并所部兵先出，後使張遼、許褚引兵救應。

當夜韓猛押糧車數千輛，解赴紹寨，正走之間，山谷內徐晃、史渙

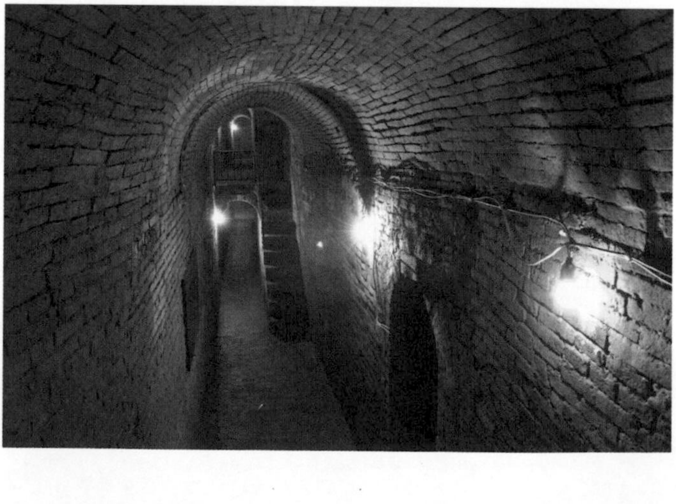

◆安徽亳州曹操運兵地道裏的雙層通道。（聶鳴／fotoe提供）

引軍截住去路。韓猛飛馬來戰，徐晃接住廝殺，史渙便殺散人夫，放火焚燒糧車。韓猛抵當不住，撥馬回去。徐晃催軍燒盡輜重。

袁紹軍中望見西北上火起，正驚疑間，敗軍來報：「糧草被劫！」紹急遣張郃、高覽去截大路，正遇徐晃燒糧而回。恰欲交鋒，背後許褚、張遼軍到，兩下夾攻，殺散袁軍。四將合兵一處，回官渡寨中，曹操大喜，重加賞勞。又分軍於寨前結營，爲犄角之勢。

卻說韓猛敗軍還營，紹大怒，欲斬韓猛，眾官勸免。審配曰：「行軍以糧食爲重，不可不用心提防。烏巢乃屯糧之處，必得重兵守之。」袁紹曰：「吾籌策已定。汝可回鄴都監督糧草，休教缺乏。」◎11審配領命而去。

袁紹遣大將淳于瓊督領部將眭元進、韓莒子、呂威璜、趙叡等，引二萬人馬守烏巢。那淳于瓊性剛好酒，軍士多畏之。既至烏巢終日與諸將聚飲。

〈評點〉

◎8：此袁、曹成敗關頭。（毛宗崗）

◎9：曹操此時進則勝，退則敗。文若一書關係非小。（毛宗崗）

◎10：我軍缺糧，則必斷敵之糧，自是兵家要著。（毛宗崗）

◎11：未必。（李贄）

◆鄭州官渡古戰場藝術宮。（李全舉／fotoe提供）

且說曹操軍糧告竭，急發使往許昌，教荀彧作速措辦糧草，星夜解赴軍前接濟。使者齎書而往，行不至三十里，被袁軍捉住，縛見謀士許攸。

那許攸字子遠，少時曾與曹操爲友，此時卻在袁紹處爲謀士。當下搜得使者所齎曹操催糧書信，逕來見紹曰：「曹操屯軍官渡，與我相持已久，許昌必空虛。若分一軍，星夜掩襲許昌，則許昌可拔，而曹操可擒也。今操糧草已盡，正可乘此機會，兩路襲之。」◎12

紹曰：「曹操詭計極多，此書乃誘敵之計也！」攸曰：「今若不取，後將反受其害……」正話間，忽有使者自鄴郡來，呈上審配書。書中先說運糧事，後言：「許攸在冀州時，嘗濫受民間財物；且縱令子姪輩，多科稅錢糧入己。今已收其子姪下獄矣！」

紹見書，大怒曰：「濫行匹夫，尚有面目於吾前獻計耶？汝與曹操有舊，想今亦受他財賄，爲他作奸細，啜賺※2吾軍耳。本當斬首，今權且寄頭在項，可速退出，今後不許相見。」

許攸出，仰天嘆曰：「忠言逆耳，豎子不足與謀！吾子姪已遭審配之害，吾何顏復見冀州之人乎？」遂欲拔劍自刎。左右奪劍，勸曰：「公何輕生至此？袁紹不納直言，後必爲曹操所擒。公既與曹公有舊何不棄暗投明？」只這兩句言語，點醒許攸，于是許攸逕投曹操。◎13後人有詩嘆曰：

◆許攸，字子遠，荊州南陽（今河南南陽）人。年輕時與袁紹、曹操相友善，初從袁紹，後投曹操，為重要謀士。在官渡之戰和平定冀州戰爭中立有功勞。但因傲慢無禮，口無遮攔，最終觸怒曹操被殺。（葉雄繪）

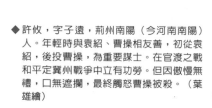

「本初豪氣蓋中華，官渡相持枉嘆嗟！
若使許攸謀見用，山河豈得屬曹家？」

卻說許攸暗步出營，逕投曹寨，爲伏路軍人拏住，攸曰：「我是曹丞相故友，快與我通報，說南陽許攸來見。」軍士忙報入寨中。時操方解衣歇息，聞說許攸私奔到寨，大喜，不及穿屨，跣足出迎。遙見許攸，撫掌歡笑，攜手共入。操先拜於地，攸慌扶起曰：「公乃漢相，吾乃布衣，何謙恭如此？」操曰：「公乃操故友，豈敢以名爵相上下乎？」◎14

攸曰：「某不能擇主，屈身袁紹，言不聽，計不從。今特棄之，來見故人，願賜收錄。」操曰：「子遠肯來，吾事濟矣！願即教我以破紹之計。」攸曰：「吾曾教袁紹以輕騎掩襲許都，首尾相攻。」操大驚！曰：「若袁紹用子言，吾事敗矣！」

攸曰：「公今軍糧尚有幾何？」操曰：「可支一年。」攸笑曰：「恐未必！」操曰：「有半年耳！」攸拂袖而起，趨步出帳，曰：「吾以誠相投，而公見欺如

〈評點〉

◎12：此計一行，操無葬身之地矣。惜乎不用！（李漁）

◎13：忽然警醒。（李漁）

◎14：袁紹怒罵之，而曹操敬禮之，許攸安得不墮其術中耶？（毛宗崗）

注釋

※2：欺騙、調唆的意思。

是。豈吾所望哉？」◎15操挽留曰：「子遠勿嗔！尚容實訴。軍中糧實可支三月耳。」攸笑曰：「世人皆言孟德奸雄，今果然也！」操亦笑曰：「豈不聞，兵不厭詐？」遂附耳低言曰：「軍中止有此月之糧。」攸大聲曰：「休瞞我！糧已盡矣！」操愕然，曰：「何以知之？」攸乃出操與荀彧之書以示之，曰：「此書何人所寫？」操驚問曰：「何處得之？」攸以獲使之事相告。

操執其手曰：「子遠既念舊交而來，願即有以教我。」攸曰：「明公以孤軍抗大敵，而不求急勝之方，此取死之道也！攸有一策，不過三日，使袁紹百萬之眾不戰自破。明公還肯聽否？」操喜，

◆謀士許攸背棄袁紹，轉投曹操，曹操大喜，赤足相迎，和許攸討論攻打袁紹之事。（朱寶榮繪）

曰：「願聞良策！」

攸曰：「袁紹軍糧輜重盡積烏巢，撥淳于瓊把守。瓊嗜酒無備，公可選精兵，詐稱袁將蔣奇，領兵到彼護糧。乘間燒其糧草輜重，則紹軍不三日將自亂矣！」◎16操大喜，重待許攸，留於寨中。

次日，操自選馬步軍士五千，準備往烏巢劫糧。張遼曰：「袁紹屯糧之所安得無備？丞相未可輕往，恐許攸有詐。」操曰：「不然！許攸此來，天敗袁紹。今吾軍糧不給，難以久持，若不用許攸之計，是坐而待困也。彼若有詐，安肯留我寨中？◎17且吾亦欲刼寨久矣！今刼糧之舉，計在必行。君請勿疑！」

遼曰：「亦須防袁紹乘虛來襲！」操笑曰：「吾已籌之熟矣！」便教荀攸、賈詡、曹洪同許攸守大寨。夏侯惇、夏侯淵領一軍伏於左，曹仁、李典領一軍伏於右，以備不虞。教張遼、許褚

〈評點〉

◎15：都是作家。（李贄）

◎16：燒韓猛所運之糧，不如燒烏巢所屯之糧。（毛宗崗）

◎17：善於料己，又善於料人。（李漁）

◆許攸問糧。之後獻計於曹操。（鄧嘉德繪）

在前，徐晃、于禁在後，操自引諸將居中。共五千人馬，打著袁軍旗號，軍士皆束草負薪，人啣枚，馬勒口※3，黃昏時分，望烏巢進發。是夜，星光滿天。

且說沮授拘禁在軍中，是夜因見眾星朗列，乃命監者引出中庭，仰觀天象，忽見太白逆行，侵犯牛斗之分，大驚！曰：「禍將至矣！」遂連夜求見袁紹。

時紹已醉臥，聽說沮授有密事啓報，喚入問之。授曰：「適觀天象，見太白逆行於柳、鬼之間，流光射入斗、牛之分，恐有賊兵刦掠之害。烏巢屯糧之所，不可不隄備。宜速遣精兵猛將，於間道山路巡哨，免爲曹操所算。」

紹怒叱曰：「汝乃待罪之人，何敢妄言惑眾！」因叱監者曰：「吾命汝拘囚之，何敢放出？」遂命斬監者，別換人監押沮授。◎18授出掩淚嘆曰：「我軍亡在旦夕，我屍骸不知落於何處也？」後人有詩嘆曰：

「逆耳忠言反見仇，獨夫袁紹少機謀；
烏巢糧盡根基拔，猶欲區區守冀州。」

卻說曹操領兵夜行，前過袁紹別寨。寨兵問：「是何處軍馬？」操使人應曰：「蔣奇奉命往烏巢護糧。」袁軍見是自家旗號，遂不疑惑。凡過數次，皆詐稱蔣奇之兵，並無阻礙。及到烏巢，四更已盡。操教軍士將束草週圍舉火，眾將校鼓譟直入。時淳于瓊方與眾將飲了酒，醉臥帳中。聞鼓譟之聲，連忙跳起，問：「何故喧鬧？」言未已，早被撓鉤拖翻。

睦元進、趙叡運糧方回，見屯上火起，急來救應。曹軍飛報曹操，說：「賊兵在後，請分軍拒之！」操大喝曰：「諸將只顧奮力向前，待賊至背後，方可回戰。」◎19於是眾軍將無不爭先掩殺。一霎時，火燄四起，烟迷太空。

睦、趙二將驅兵來救，操勒馬回戰。二將抵敵不住，皆被曹軍所殺，糧草盡行燒絕。淳于瓊被擒見操，操命削去其耳鼻手，縛於馬上，放回紹營以辱之。◎20

卻說袁紹在帳中，聞報：「正北上火光滿天！」知是烏巢有失，急出帳，召文

◆官渡之戰。曹操一馬當先，引軍奮力向前。（葉雄繪）

〈評點〉

◎18：袁紹一誤再誤，天下事能堪幾誤耶？（毛宗崗）

◎19：有進無退，眞善用兵。（毛宗崗）

◎20：此後如何飲酒？悶人悶人。（李贄）

注釋

※3：行軍時的一種保密措施，軍士口裏橫銜著「枚」（箸狀物，一端用繩繫在脖子上），馬匹勒緊嘴，防止喧嘩和馬嘶，以免敵方發覺。

武各官，商議遣兵往救。張郃曰：「某與高覽同往救之！」郭圖曰：「不可！曹軍劫糧，曹操必然親往。操既自出，寨必空虛，可縱兵先擊曹操之寨。操聞之，必速還。此孫臏『圍魏救趙※4』之計也。」

張郃曰：「非也！曹操多謀，外出必爲內備，以防不虞。今若攻操營而不拔，瓊等見獲，吾等皆被擒矣！」郭圖曰：「曹操只顧劫糧，豈留兵在寨耶？」再三請劫曹營。紹乃遣張郃、高覽引兵五千，往官渡擊曹營，遣蔣奇領兵一萬，往救烏巢。

且說曹操殺散淳于瓊部卒，盡奪其衣甲旗幟，僞作淳于瓊部下敗軍回寨。至山僻小路，正遇蔣奇軍馬。奇軍問之，稱：「烏巢敗軍奔回！」奇遂不疑，驅馬逕過。張遼、許褚忽至，大喝：「蔣奇休走！」奇措手不及，被張遼斬於馬下，盡殺蔣奇之兵，又使人當先僞報云：「蔣奇已自殺散烏巢兵了。」袁紹因不復遣人接應烏巢，只添兵往官渡。◎21

卻說張郃、高覽攻打曹營，左邊夏侯惇，右邊曹仁，中路曹洪，一齊衝出，三下攻擊，袁軍大敗。比及接應軍到，曹操又從背後殺來，四下圍住掩殺，張郃、高覽奪路走脫。

袁紹收得烏巢敗殘軍馬歸寨，見淳于瓊耳鼻皆無，手足盡落。紹問：「如何失了烏巢？」敗軍告說：「淳于瓊醉臥，因此不能敵。」紹怒，立斬

◆官渡之戰「火燒烏巢」雕像，安徽亳州三國攬勝宮。（聶鳴／fotoe提供）

之。

郭圖恐張郃、高覽回寨，證對是非。先於袁紹前譖曰：「張郃、高覽見主公兵敗，心中必喜。」紹曰：「何出此言？」郭圖曰：「二人素有降曹之意。今遣擊寨，故意不肯用力，以致損折士卒。」紹大怒，遂遣使急召二人歸寨問罪。

郭圖先使人報二人云：「主公將殺汝矣！」及紹使至，高覽問曰：「主公喚我等爲何？」使者曰：「不知何故。」覽遂拔劍斬來使。郃大驚，覽曰：「袁紹聽信讒言，必爲曹操所擒。吾等豈可坐而待死？不如去投曹操。」郃曰：「吾亦有此心久矣！」於是二人領本部兵馬，往曹操寨中投降。

夏侯惇曰：「張、高二人來降，未知虛實？」操曰：「吾以恩遇之，雖有異心，亦可變矣！」遂開營門命二人入。二人倒戈卸甲，拜伏於地。操曰：「若使袁紹肯從二將軍之言，不至有敗。今二將軍肯來相投，如微子去殷※5，韓信歸漢也。」遂封張郃爲「偏將軍」都亭侯，高覽爲「偏將軍」東萊侯。二人大喜。

卻說袁紹既去了許攸，又去了高覽、張郃，又失了烏巢糧棧，軍心惶惶。許攸又勸曹操作速進兵，張郃、高覽請爲先鋒。操從之，即令張郃、高覽領兵往劫紹

〈評點〉

◎21：既以假淳于瞞眞蔣奇，又以死蔣奇賺活袁紹。愈出愈妙！（毛宗崗）

注釋

※4：孫臏是戰國時有名的兵法家。有一次魏國圍攻趙國的都城邯鄲。齊王派田忌率軍救趙。孫臏認爲魏國的精銳部隊在趙，內部空虛，乃獻計引軍直接攻魏都城。果然引得魏軍回救本國，齊軍乘其疲勞，大敗魏軍。趙國之圍遂解。

※5：微子，商紂王之兄，紂暴虐無道，微子諫而不聽，於是離開了商朝，投奔周王。去，離而他往。後文一百零七回又作「微子去周」，則是指周滅商後微子在周朝任官。

寨。◎22當夜三更時分，出軍三路，劫寨混戰，到明各自收兵，紹軍折其大半。

荀攸獻計曰：「今可揚言：『調撥人馬，一路取酸棗，攻鄴郡；一路取黎陽，斷袁兵歸路。』袁紹聞之，必然驚惶！分兵拒我。我乘其兵動時擊之，紹可破也。」操用其計，使大小三軍四遠揚言。

紹軍聞此信，來寨中報說：「曹操分兵兩路，一路取鄴郡，一路取黎陽去也。」紹大驚，急遣袁尚分兵五萬救鄴郡、辛明分兵五萬救黎陽，連夜起行。

曹操探知袁紹兵動，便分大隊軍馬，八路齊出，直衝紹營。袁軍俱無鬭志，四散奔走，遂大潰。袁紹披甲不迭，單衣幅巾上馬，幼子袁尚後隨。張遼、許褚、徐晃、于禁四將引軍追趕袁紹，紹急渡河，盡棄圖書、車仗、金帛，止引隨行八百餘騎而去。操軍追之不及，盡獲遺下之物。所殺八萬餘人，血流盈溝，溺水死者不計其數。

操獲全勝，將所得金寶、緞疋給賞軍士。於圖書中檢出書信一束，皆許都及軍中諸人與紹暗通之書，左右曰：「可逐一點對姓名，收而殺之。」操曰：「當紹之強，孤亦不能自保，況他人乎？」◎23遂命盡焚之，更不再問。◎24

卻說袁紹兵敗而奔，沮授因被囚禁，急走不脫，爲曹軍所獲，擒見曹操。操素與沮授相識，授見操，大呼曰：「授不降也！」操曰：「本初無謀，不用君言，君何尚執迷耶？吾若早得足下，天下不足慮也。」因厚待之，留於軍中。授乃於營中盜馬，欲歸袁氏。操怒，乃殺之。授至死神色不變。操嘆曰：「吾誤殺忠義之士也！」命厚禮殯殮，為建墳安葬於黃河渡口，題其墓曰：「忠烈沮君之墓」。◎25後人有詩讚曰：

「河北多名士，忠貞推沮君：凝眸知陣法，仰面識天文；至死心如鐵，臨危氣似雲。曹公欽義烈，特與建孤墳。」

操下令攻冀州，正是：

「勢弱只因多算勝，兵強卻為寡謀亡。」

未知勝負若何？且看下文分解……

〈評點〉

◎22：盡謀盡力，皆系敵家之人，可見得人、失人相去遠矣。（李漁）
◎23：大豪傑。（李贄）
◎24：光武嘗焚書，使反側者自安。曹操頗學此法。（毛宗崗）
◎25：忠義之士，曹操鍾愛而不得用，為之一歎。（李漁）

◆焚書不問。曹操於此將心比心，實為難得。（鄧嘉德繪）

第三十一回　曹操倉亭破本初　玄德荊州依劉表

卻說曹操乘袁紹之敗，整頓軍馬，迤邐追襲。袁紹幅巾單衣，引八百餘騎，奔至黎陽北岸，大將蔣義渠出寨迎接。紹以前事訴與義渠，義渠乃招諭離散之眾。眾聞紹在，又皆蟻聚。軍勢復振，議還冀州。

軍行之次，夜宿荒山。紹於帳中聞遠遠有哭聲，遂私往聽之，◎1卻是敗軍相聚訴說喪兄、失弟、棄伴、亡親之苦，各各捶胸大哭。皆曰：「若聽田豐之言，我等怎遭此禍？」紹大悔曰：「吾不聽田豐之言，兵敗將亡。今回去，有何面目見之耶？」◎2

次日，上馬正行間，逢紀引軍來接。紹對逢紀曰：「吾不聽田豐之言，致有此敗。吾今歸去，羞見此人。」逢紀因譖曰：「豐在獄中，聞主公兵敗，撫掌大笑，曰：『果不出吾之所料！』」袁紹大怒曰：「豎儒※1怎敢笑我！我必殺之！」遂命使者齎寶劍先往冀州獄中殺田豐。

卻說田豐在獄中。一日獄吏來見豐，曰：「與別駕賀喜！」豐曰：「何喜可賀？」獄吏曰：「袁將軍大敗而回，君必見重矣！」豐笑曰：「吾今死矣！」獄吏

問曰：「人皆爲君喜，君何言死也？」豐曰：「袁將軍外寬而內忌，不念忠誠。若勝而喜，猶能赦我。今戰敗，則羞，吾不望生矣！」◎3

獄吏未信。忽使者賚劍至，傳袁紹命，欲取田豐之首，獄吏方驚。豐曰：「吾固知必死也！」獄吏皆流淚。豐曰：「大丈夫生於天地間，不識其主而事之，是無智也。今日受死，本無足惜。」乃自刎於獄中。後人有詩曰：

「昨朝沮授軍中死，今日田豐獄內亡。
河北棟梁皆折斷，本初焉不喪家邦？」◎4

田豐既死，聞者皆爲歎惜。

袁紹回冀州，心煩意亂，不理政事。其妻劉氏勸立後嗣。紹所生三子，長子袁譚字顯思，出守青州；次子袁熙字顯奕，出守幽州；三子袁尚字顯甫，是紹後妻劉氏所出，生得形貌俊偉，紹甚愛之，因此留在身邊。自官渡兵敗之後，劉氏勸立尚爲後嗣，紹乃與審配、逢紀、辛評、郭圖四人商議。——原來審、逢二人向輔袁

〈評點〉

◎1：軍中聞夜哭，抵得唐人塞上行數篇。（毛宗崗）

◎2：不因其言驗而敬信之，乃因其言驗而羞見之。讒人之言，自此得入矣！（毛宗崗）

◎3：知其必敗，又知其必羞，田豐眞知人哉！（毛宗崗）

◎4：說得極是。（李贄）

注釋

※1：罵人的話，指無見識的儒生。

尙，辛、郭二人向輔袁譚。四人各爲其主。◎5

當下袁紹謂四人曰：「今外患未息，內事不可不早定。吾將議立後嗣。長子譚，爲人性剛好殺；次子熙，爲人柔懦難成。三子尙，有英雄之表，禮賢敬士。吾欲立之，公等之意若何？」

郭圖曰：「三子之中譚爲長，今又居外。主公若廢長立幼，此亂萌也。目下軍威稍挫，敵兵壓境，豈可復使父子兄弟自相爭亂耶？主公且理會拒敵之策，立嗣之事再容後議。」◎6袁紹躊躇未決。忽報袁熙引兵六萬，自幽州來，袁譚引兵五萬，自青州來，外甥高幹亦引兵五萬，自并州來，各至冀州助戰。紹喜，再整人馬，來戰曹操。

時操引得勝之兵陳列於河上；有土人簞食壺漿※2以迎之。操見父老數人，鬚髮盡白，乃命入帳中賜坐。問之曰：「老丈多少年紀？」答曰：「皆近百歲矣！」

操曰：「吾軍士驚擾汝鄉，吾甚不安。」◎7父老曰：「桓帝時，有黃星見於楚、宋之分。遼東人殷馗善觀天文。夜宿於此，對老漢等言：『黃星見於乾象，正照此間。後五十年，當有眞人※3起於梁、沛之間。』今以年計之，整整五十年。袁本初重斂於民，民皆怨之。丞相興仁義之兵，弔民伐罪※4，官渡一戰，破袁紹百萬之眾，正應當時殷馗之言。兆民※5可望太平矣！」

操笑曰：「何敢當老丈所言！」遂取酒食、絹帛賜老人而遣之。號令三軍：

「如有下鄉殺人家雞犬者，如殺人之罪。」◎8於是軍民震服，操亦心中暗喜。

人報：「袁紹聚四州之兵，得二三十萬，前至倉亭下寨。」操提兵前進，下寨已定。次日，兩軍相對，各布成陣勢。操引諸將出陣，紹亦引三子一甥，及文官武將出到陣前。

操曰：「本初計窮力盡，何尚不思投降？直待刀臨項上，悔無及矣！」紹大怒，回顧眾將曰：「誰敢出馬？」袁尚欲於父前逞能，便舞雙刀，揮馬出陣，來往奔馳。操指問眾將曰：「此何人？」有識者答曰：「此袁紹三子袁尚也！」言未畢，

◆安徽亳州人民路上的曹操塑像。（聶鳴／fotoe提供）

〈評點〉

◎5：兄弟各自樹黨，亂本兆矣。（鍾伯敬）

◎6：好話。（李贄）

◎7：大是。（鍾伯敬）

◎8：有時賤人如雞犬，有時貴雞犬如貴人，老奸猾賊。（李漁）

注釋

※2：簞，盛食物用的竹器。漿，湯水，有時也指酒。簞食壺漿，是慰勞軍隊的表示。

※3：真命天子。

※4：討伐有罪惡的君主，撫慰受害的黎民。

※5：眾百姓。兆，極言其多。

一將挺槍早出。操視之，乃徐晃部將史渙也。兩騎相交，不三合，尙撥馬刺斜而走。史渙趕來，袁尙拈弓搭箭，翻身背射，正中史渙左目，墜馬而死。袁紹見子得勝，揮鞭一指，大隊人馬擁將過來混戰。大殺一場，各鳴金收軍還寨。◎9

操與諸將商議破紹之策，程昱獻「十面埋伏」之計；勸操：「退軍於河上，伏兵十隊，誘紹追至河上；我軍無退路，必將死戰，可勝紹矣！」◎10

操然其計，左右各分五隊。左一隊夏侯惇，二隊張遼，三隊李典，四隊樂進，五隊夏侯淵。右一隊曹洪，二隊張郃，三隊徐晃，四隊于禁，五隊高覽。中軍許褚爲先鋒。

次日。十隊先進，埋伏左右已定。至半夜，操令許褚引兵前進，僞作刦寨之勢。袁紹五寨人馬一齊俱起。許褚回軍便走，袁紹引軍趕來，喊聲不絕。比及天明，趕至河上，曹軍無去路。操大呼曰：「前無去路，諸軍何不死戰？」眾軍回身奮力向前。許褚飛馬當先，力斬十數將。袁軍大亂。

袁紹退軍急回，背後曹軍趕來。正行間，一聲鼓響，左邊夏侯淵，右邊高覽，兩軍衝出！袁紹聚三子一甥，死衝血路奔走。又行不到十里，左邊樂進、右邊于禁殺出。殺得袁軍屍橫遍野，血流成渠。又行不到數里，左邊李典、右邊徐晃，兩軍截殺一陣。

袁紹父子膽喪心驚，奔入舊寨，令三軍造飯。方欲待食，左邊張遼，右邊張部，徑來衝寨。紹慌上馬，前奔倉亭。人馬困乏，欲待歇息，後面曹操大軍趕來。袁紹捨命而走。

正行之間，左邊曹洪，右邊夏侯惇，擋住去路。紹大呼曰：「若不決死戰，必爲所擒矣！」奮力衝突，得脫重圍。袁熙、高幹皆被箭傷，軍馬死亡殆盡。

紹抱三子痛哭一場，不覺昏倒。◎11眾人急救，紹口吐鮮血不止，嘆曰：「吾自歷戰數十場，不意今日狼狽至此，此天喪吾也！汝等各回本州，誓與曹賊一決雌雄。」便教辛評、郭圖火急隨袁譚前往青州整頓。恐曹操犯境，令袁熙仍回幽州，高幹仍回并州，各去收拾人馬，以備調用。袁紹引袁尚等入冀州養病，令尚與審配、逢紀暫掌軍事。◎12

〈評點〉

◎9：還算不得全勝。（李漁）

◎10：「十面埋伏」，是韓信破項羽之計；「背水爲陣」，是韓信破陳餘之計。今抄兩篇舊文字，合成一篇新文字。（毛宗崗）

◎11：也只得哭了。（鍾伯敬）

◎12：此時立尚之意已決。（毛宗崗）

◆夏侯淵（？～219年），字妙才，東漢時沛國譙（今安徽亳縣）人。為曹操部下大將，也是曹操同族兄弟。為人頗重義氣，有一年饑荒，他為了養活死去弟弟的孤女，放棄了自己的親生兒子。多立戰功，被封為征西將軍。後留守漢中，與劉備軍交戰，在定軍山中蜀將法正之謀，被黃忠突襲斬殺。（葉雄繪）

卻說曹操自倉亭大勝，重賞三軍。令人探察冀州虛實，細作回報：「紹臥病在牀，袁尚、審配緊守城池。袁譚、袁熙、高幹皆回本州。」眾皆勸操急攻之。操曰：「冀州糧食極廣，審配又有機謀，未可急拔。見今禾稼在田，恐廢民業。姑待秋成後取之未晚。」

正議間，忽荀彧有書到，報說：「劉備在汝南，得劉辟、龔都數萬之眾。聞丞相提軍出征河北，乃令劉辟守汝南，備親自引兵乘虛來攻許昌。丞相可速回軍禦之。」操大驚，留曹洪屯兵河上，虛張聲勢。操自提大兵往汝南來迎劉備。

卻說玄德與關、張、趙雲等引兵欲襲許都。行近穰山地面，正遇曹兵殺來。玄德便於穰山下寨，軍分三

◆曹操倉亭破本初。倉亭之戰，袁紹大敗，狼狽萬分。（fotoe提供）

隊。雲長屯兵於東南角上，張飛屯兵於西南角上，玄德與趙雲於正南立寨。

曹操兵至，玄德鼓譟而出。操布成陣勢，叫玄德打話。玄德出馬於門旗下，操以鞭指，罵曰：「吾待汝爲上賓，汝何背義忘恩？」玄德曰：「汝託名漢相，實爲國賊。吾乃漢室宗親，奉天子密詔，來討反賊。」遂於馬上朗誦衣帶詔。

操大怒，教許褚出戰。玄德背後，趙雲挺槍出馬。二將相交三十合，不分勝負。忽然喊聲大震，東南角上雲長衝突而來，西南角上張飛引軍衝突而來。三軍一齊掩殺，操軍遠來疲困，不能抵當，大敗而走。玄德得勝回營。◎13

次日，使趙雲搦戰，操兵旬日不出。玄德再使張飛搦戰，操兵亦不出。玄德愈疑。忽報：「龔都運糧至，被曹軍圍住。」玄德急令張飛去救。忽又報：「夏侯惇引軍抄背後，逕取汝南。」玄德大驚曰：「若如此，吾前後受敵，無所歸矣！」急遣雲長救之，兩軍皆去。

不一日，飛馬來報：「夏侯惇已打破汝南，劉辟棄城而走。雲長現今被圍。」玄德大驚！又報：「張飛去救龔

〈評點〉

◎13：不是以少勝多，實是以逸勝勞。（毛宗崗）

◆武漢龜山三國城趙雲塑像。（劉兆明／fotoe提供）

都也被圍住了！」玄德急欲回兵，又恐操兵後襲，忽報：「寨外許褚搦戰！」玄德不敢出戰。

候至天明，教軍士飽餐。步軍先起，馬軍隨後，寨中虛傳更點。玄德等離寨。約行數里，轉過土山，火把齊明。山頭上大呼曰：「休教走了劉備！丞相在此專等。」◎14玄德慌尋路走。趙雲曰：「主公勿憂，但跟某來！」趙雲挺槍躍馬，殺開條路。玄德掣雙股劍隨後。

正戰間，許褚追至，與趙雲力戰，背後于禁、李典又到。玄德見勢危，落荒而走。聽得背後喊聲漸遠，玄德望深山僻路單馬逃生。

捱到天明，側首一彪軍衝出！玄德大驚，視之，乃劉辟引敗軍千餘騎護送玄德家小前來，孫乾、簡雍、糜芳亦至。訴說：「夏侯惇軍勢甚銳，因此棄城而走。曹兵趕來，幸得雲長當住，因此得脫。」玄德曰：「不知雲長今在何處？」劉辟曰：「將軍且行，卻再理會。」◎15

行到數里，一棒鼓響！前面擁出一彪人馬。當先大將，乃是張郃，大叫：「劉備快下馬受降！」玄德方欲退後，只見山頭上紅旗麾動※6，一軍從山塢內擁出，爲首大將乃高覽也。

玄德兩頭無路，仰天大呼曰：「天何使我受此窘極也？事勢至此，不如就死。」遂拔劍自刎。劉辟急止之曰：「容某死戰，奪路救君！」言訖，便來與高覽交鋒。

戰不三合，被高覽一刀砍於馬下。◎16

玄德正慌，方欲自戰，高覽後軍忽然自亂。一將衝陣而來，槍起處，高覽翻身落馬，視之，乃趙雲也。玄德大喜。

雲縱馬挺槍，殺散後隊。又來前軍，獨戰張郃。郃與雲戰三十餘合，撥馬敗走。雲乘勢衝殺，卻被郃兵守住山隘，路窄不得出。正奪路間，只見雲長、關平、周倉引三百軍到，兩下夾攻，殺退張郃；各出隘口，占住山險下寨。

玄德使雲長尋覓張飛。原來張飛去救龔都，龔都已被夏侯淵所殺。飛奮勇殺退夏侯淵，迤邐趕去，卻被樂進引軍圍住。雲長路逢敗軍，尋蹤而去，殺退樂進，與飛同回見玄德。

人報：「曹軍大隊趕來！」玄德教孫乾等保護老少先行，玄德與關、張、趙雲在後，且戰且走。操見玄德去遠，收軍不趕。

玄德敗軍不滿一千，狼狽而奔。前至一江，喚土人問之，乃漢江也，玄德權且安營。土人知是玄德，奉獻羊酒。乃聚飲於沙灘之上。

〈評點〉

◎14：好怕人。（李漁）
◎15：不直說雲長被圍，最得慰人之法。（毛宗崗）
◎16：先寫劉辟之死，以襯趙雲之勇。（毛宗崗）

注釋

※6：作圓圈式的揮舞。

◆湖北鄖西縣夾河關，漢江江岸古道。（稅曉潔／fotoe提供）

玄德嘆曰：「諸君皆有王佐之才，不幸跟隨劉備。備之命窘，累及諸君，今日身無立錐※7，誠恐有誤諸君。君等何不棄備而投明主，以取功名乎？」眾皆掩面而哭。

雲長曰：「兄言差矣！昔日高祖與項羽爭天下，數敗於羽，後九里山一戰成功，而開四百年基業。勝負兵家之常，何可自墮其志？」◎17孫乾曰：「成敗有時，不必傷心。此離荊州不遠。劉景升坐鎮九郡，兵強糧足。更且與公皆漢室宗親，何不往投之？」

玄德曰：「但恐不容耳。」乾曰：「某願先往說之，使景升出境而迎主公。」玄德大喜。便令孫乾星夜往荊州。

到郡，入見劉表。禮畢，劉表問曰：「公從玄德，何故至此？」乾曰：「劉使君天下英雄。雖兵微將寡，而志欲匡扶社稷。汝南劉辟、龔都素無親故，亦以死報之。明公與使君同爲漢室之冑。今使君新敗，欲往江東投孫仲謀。◎18 乾諫言曰：『不可背親而向疎。荊州劉將軍禮賢下士，士歸之如水之投東，何況同宗乎？』因此使君特使乾先來拜白，惟明公命之。」

表大喜，曰：「玄德吾弟也。久欲相會，而不可得。今肯惠顧，實爲幸甚！」蔡瑁譖曰：「不可！劉備先從呂布，後事曹操，近投袁紹，皆不克終。足可見其爲

〈評點〉

◎17：關先生是。（李贄）

◎18：此句只是虛說，不意後文竟成實事。（毛宗崗）

◆孫乾（？～214），字公佑，北海（今山東諸城）人，被鄭玄推薦，成為劉備早期幕僚。為人雍容大度，謹守禮制。成都武侯祠武將廊塑像，塑於清道光二十九年（1849）。（魏德智／fotoe提供）

注釋

※7：沒有寸土可以容身。立錐，即「立錐之地」，僅可豎立一個錐子的空位，比喻極小的地方。

人。今若納之，曹操必加兵於我，枉動干戈。不如斬孫乾之首以獻曹操，操必重待主公也。」◎19

孫乾正色曰：「乾非懼死之人也！劉使君忠心爲國，非曹操、袁紹、呂布等比。前次相從，不得已也。今聞劉將軍漢朝苗裔，誼切同宗，故千里相投。爾何獻讒而妬賢如此耶？」劉表聞言，乃叱蔡瑁曰：「吾主意已定，汝勿多言。」蔡瑁慚恨而出。

劉表遂命孫乾先往報玄德，一面親自出郭三十里迎接。玄德見表，執禮甚恭。表亦相待甚厚。玄德引關、張等拜見劉表，表遂與玄德同入荊州，分撥院宅居住。

卻說曹操探知玄德已往荊州投奔劉表，便欲引兵攻之。程昱曰：「袁紹未除，而遽攻荊、襄，倘袁紹從北而起，勝負未可知矣！不如還兵許都，

◆玄德荊州依劉表。劉表出城三十里迎接劉備等。（fotoe提供）

養軍蓄銳。待來年春暖，然後引兵先破袁紹，後取荊、襄。南北之利，一舉可收也！」操然其言，遂提兵回許都。

至建安八年，春正月，操復商議興師。先差夏侯惇、滿寵鎮守汝南，以拒劉表；留曹仁、荀彧守許都。親統大軍前赴官渡屯紮。

且說袁紹自舊歲感冒※8吐血症候，今方稍愈；商議欲攻許都。審配諫曰：「舊歲官渡、倉亭之敗，軍心未振。尚當深溝高壘，以養軍民之力。」◎20正議間，忽報：「曹操進兵官渡，來攻冀州。」紹曰：「若候兵臨城下，將至河邊，然後拒敵，事已遲矣！吾當自領大軍出迎。」

袁尚曰：「父親病體未痊，不可遠征。兒願提兵前去迎敵！」紹許之，遂使人往青州取袁譚，幽州取袁熙，并州取高幹。四路同破曹操。正是：

「纔向汝南鳴戰鼓，又從冀北動征鼙。」

未知勝負如何？且聽下文分解……

〈評點〉

◎19：蔡大可惡。（李贄）

◎20：前諫戰者田豐、沮授也。勸戰者郭圖、審配也。今審配亦諫，大勢可知。（毛宗崗）

注釋

※8：受刺激而發病。非「傷風」之意。冒，此作「犯病」之「犯」字解。

第三十二回　奪冀州袁尚爭鋒　決漳河許攸獻計

卻說袁尚自斬史渙之後，自負其勇。不待袁譚等兵至，自引兵數萬出黎陽，與曹軍前隊相迎。張遼當先出馬，袁尚挺槍來戰，不三合，架隔遮攔不住，大敗而走。張遼乘勢掩殺，袁尚不能主張，急急引軍奔回冀州。

袁紹聞袁尚敗回，又受了一驚，舊病復發，吐血數斗，昏倒在地；劉夫人慌救入臥內。病勢漸危，劉夫人急請審配、逢紀直至袁紹榻前，商議後事。紹但以手指，而不能言。

劉夫人曰：「尚可繼後嗣否？」紹點頭。審配便就榻前寫了遺囑。紹翻身，大叫一聲！又吐血斗餘而死。◎1後人有詩曰：

「累世公卿立大名，少年意氣自縱橫；空招俊傑三千客，漫有英雄百萬兵。
羊質虎皮※1功不就，鳳毛鷄膽事難成；更憐一種傷心處，家難徒延兩弟兄。」

袁紹既死，審配等主持喪事。劉夫人便將袁紹所愛寵妾五人盡行殺害；又恐其陰魂於九泉之下再與紹相見，乃髡※2其髮，刺其面，毀其屍。其妬惡如此！◎2袁尚恐寵妾家屬爲害，并收而殺之。

審配、逢紀立袁尚為「大司馬將軍」，領冀、青、幽、并四州牧。遣書報喪，此時袁譚已發兵離青州，知父死，便與郭圖、辛評商議。圖曰：「主公不在冀州，審配、逢紀必立顯甫為主矣！當速行。」辛評曰：「審、逢二人必預定機謀。今若速往，必遭其禍。」袁譚曰：「若此當如何？」郭圖曰：「可屯兵城外，觀其動靜。某當親往察之！」譚依言。

郭圖遂入冀州見袁尚。禮畢，尚問：「兄何不至？」圖曰：「因抱病在軍中，不能相見。」

尚曰：「吾受父親遺命，立我為主，加兄為車騎將軍。目下曹軍壓境，請兄為前部，吾隨後便調兵接應也！」圖曰：「軍中無人商議良策。願乞審正南、逢元圖二人為輔。」◎3尚曰：「吾亦欲仗此二人早晚畫策，如何離得？」圖

◆為爭寵劉夫人殺妾。日本浮世繪，葛飾戴斗《繪本通俗三國志》。（葛飾戴斗／fotoe提供）

〈評點〉

◎1：孫策死得磊磊落落，袁紹死得昏昏悶悶。（毛宗崗）

◎2：妒至鬼乎？可發一笑。（李贄）

◎3：郭圖索二謀士，欲去尚之左右手也。獨不思譚而謀尚，乃自去其手足耶？（毛宗崗）

注釋

※1：本質是羊，就算被上虎皮，本性仍然懦弱。比喻虛有其表。下句「鳳毛鷄膽」意義相近。

※2：剃去。

曰：「然則於二人內遣一人去，如何？」尚不得已，乃令二人拈鬮，拈著者便去。逢紀拈著，尚即命逢紀齎印綬，同郭圖赴袁譚軍中。

紀隨圖至譚軍，見譚無病，心中不安；獻上印綬。譚大怒，欲斬逢紀。郭圖密諫曰：「今曹軍壓境。且只款留逢紀在此，以安尚心。待破曹之後，卻來爭冀州不遲。」譚從其言。即時拔寨起行，前至黎陽，與曹軍相抵。

譚遣大將汪昭出戰，操遣徐晃迎敵。二將戰不數合，徐晃一刀斬汪昭於馬下。曹軍乘勢掩殺，譚軍大敗。譚收敗軍入黎陽，遣人求救於尚。

尚與審配計議，只發兵五千餘人相助。曹操探知救軍已到，遣樂進、李典引兵於半路接著，兩頭圍住，盡殺之。

袁譚知尚止撥兵五千，又被半路坑殺，大怒！乃喚逢紀責罵。紀曰：「容某作書致主公，求其親自來救。」譚即令紀作書，遣人到冀州致袁尚。

尚與審配共議，配曰：「郭圖多謀，前次不爭而去者，爲曹軍在境也。今若破曹，必來爭冀州矣！不如不發救兵，借操之力以除之。」◎4尚從其言，不肯發兵。◎5

使者回報，譚大怒！立斬逢紀，欲議降曹。早有細作密報袁尚，尚與審配議曰：「使譚降曹，并力來攻，則冀州危矣！」乃留審配并大將蘇由固守冀州，自領大軍來黎陽救譚。

尚問軍中：「誰敢爲前部大將？」呂曠、呂翔兄弟二人願去。尚點兵三萬，使爲先鋒，先至黎陽。譚聞尚自來，大喜。遂罷降曹之議。

譚屯兵城中，尚屯兵城外，爲犄角之勢。不一日，袁熙、高幹皆領軍到。城外屯兵三處，每日出兵，與操相持。尚屢敗，操兵屢勝。至建安八年春三月，操分路攻打，袁譚、袁熙、袁尚、高幹皆大敗。棄黎陽而走。

操引兵追至冀州，譚與尚入城堅守。熙與幹離城三十里下寨，虛張聲勢。操兵連日攻打不下。郭嘉進曰：「袁氏廢長立幼，而兄弟之間權力相併，各自樹黨。急之則救，緩之則相爭。不如舉兵南向荊州，征討劉表，以候袁氏兄弟之變。變成而後擊之，可一舉而定也。」操善其言，命賈詡爲太守，守黎陽。曹洪引兵守官渡。操引大軍向荊州進兵。

譚、尚聽知曹軍自退，遂相慶賀。袁熙、高幹各自辭去。

袁譚與郭圖、辛評議曰：「我爲長子，反不能承父業；尚乃繼母所生，反承大爵。心實不甘！」圖曰：「主公可勒兵城外，只做請顯甫、審配飲酒，伏刀斧手殺

〈評點〉

◎4：是何言語？郭圖、審配運籌，此人更有識。（李漁）

◎5：前止少發兵，後竟不發兵。計愈左矣！（毛宗崗）

之。大事定矣！」譚從其言。適別駕王修自青州來，譚將此計告之。修曰：「兄弟者，左右手也。今與他人爭鬭，自斷其手，而曰：『我必勝！』安可得乎？夫棄兄弟而不親，天下其誰親之？彼讒人離間骨肉，以求一朝之利，願塞耳勿聽也。」◎6

譚怒，叱退王修，使人去請袁尚。

尚與審配商議。配曰：「此必郭圖之計也；主公若往，必遭奸計。不如乘勢攻之。」袁尚依言，便披挂上馬，引兵五萬出城。◎7

袁譚見袁尚引軍來，情知事泄，亦即披挂上馬，與尚交鋒。尚見譚大罵；譚亦罵曰：「汝藥死父親，篡奪爵位，今又來殺兄耶？」二人親自交鋒，袁譚大敗。尚親冒矢石，衝突掩殺。譚引敗軍奔平原，尚收兵還。

袁譚與郭圖再議進兵。令岑璧為將，領兵前來。尚自引兵出冀州，兩陣對圓，旗鼓相望。璧出陣

◆奪冀州袁尚爭鋒。袁紹與袁術兄弟不和，後代袁尚和袁譚也搞起了窩裏鬥。（fotoe提供）

罵；尚欲自戰，大將呂曠拍馬舞刀來戰岑璧。二將戰無數合，曠斬岑璧於馬下。譚兵又敗，再奔平原。

審配勸尚進兵，追至平原。譚抵當不住，退入平原，堅守不出。尚三面圍城攻打。

譚與郭圖計議，圖曰：「今城中糧少，彼軍方銳，勢不相敵。愚意可遣人投降曹操，使操將兵攻冀州，尚必還救，將軍引兵夾擊之，尚可擒矣！若操擊破尚軍，我因而斂其軍實以拒操。操軍遠來，糧食不繼，必自退去。我可以仍據冀州以圖進取也。」◎8

譚從其言，問曰：「何人可爲使？」圖曰：「辛評之弟辛毗，字佐治；現爲平原令。此人乃能言之士，可命爲使。」譚即召辛毗，毗欣然而至。譚修書付毗，使三千軍送毗出境。毗星夜齎書往見曹操。

時操屯軍西平，伐劉表。表遣玄德引兵爲前部以迎之，未及交鋒。辛毗到操寨，見操，禮畢。操問其來意，毗具言袁譚相求之意，呈上書信。操看書畢，留辛毗於寨中，聚文武計議。

〈評點〉

◎6：數語抵得一篇棠棣之詩。（毛宗崗）

◎7：領兵五萬來赴席。（李漁）

◎8：一袁尚且不能勝，乃欲勝破袁尚之曹操，恐無是理。但說得好聽耳。（毛宗崗）

程昱曰：「袁譚被袁尚攻擊太急，不得已而來降，不可准信！」呂虔、滿寵亦曰：「丞相既引兵至此，安可復舍表而助譚？」荀攸曰：「三公之言未善。以愚意度之，天下方有事，而劉表坐保江、漢之間，不敢展足。其無四方之志，可知矣！◎9袁氏據四州之地，帶甲數十萬。若二子和睦，共守成業，天下事未可知也！今乘其兄弟相攻，勢窮而投我。我提兵先除袁尚，後觀其變，并滅袁譚，天下定矣！此機會不可失也。」◎10

操大喜！便邀辛毗飲酒，謂之曰：「袁譚之降，眞耶？詐耶？袁尚之兵果可必勝耶？」毗對曰：「明公勿問眞與詐也，只論其勢可耳。袁氏連年喪敗，兵革疲於外，謀臣誅於內；兄弟讒隙※3，國分爲二。加之饑饉並臻，天災人困。無問智愚，皆知土崩瓦解。此乃天滅袁氏之時也。今明公提兵攻鄴，袁尚不還救，則失巢穴；若還救，則譚踵※4襲其後。以明公之威，擊疲敗之眾，如迅風之掃秋葉也。不此之圖，而伐荊州——荊州豐樂之地，國和民順，未可搖動。況四方之患莫大於河北，河北既平，則霸業成矣。願明公詳之！」◎11操大喜曰：「恨與辛佐治相見之晚也！」即日督軍還取冀州。

玄德恐操有謀，不敢追襲。引兵自回荊州。

卻說袁尚知曹軍渡河，急急引軍還鄴，命呂曠、呂翔斷後。袁譚見尚退軍，乃大起平原軍馬，隨後趕來。行不到數十里，一聲炮響，兩軍齊出。左邊呂曠，右邊

呂翔。兄弟二人，截住袁譚。

譚勒馬，告二將曰：「吾父在日，吾並未慢待二將軍。今何從吾弟而見迫耶？」二將聞言，乃下馬降譚。譚曰：「勿降我，可降曹丞相。」二將因隨譚歸營。譚候曹軍至，引二將見操。操大喜，以女許譚爲妻，即令呂曠、呂翔爲媒。◎12譚請操攻取冀州。操曰：「方今糧草不接，搬運勞苦。我由濟河遏淇水入白溝，以通糧道，然後進兵。」令譚且居平原，操引軍退屯黎陽，封呂曠、呂翔爲列侯，隨軍聽用。郭圖謂袁譚曰：「曹操以女許婚，恐非眞意。今又封賞呂曠、呂翔，帶去軍中。此乃牢籠河北人心，後必將爲我禍。主公可刻將軍印二顆，暗使人送與二呂，令作內應。待操破了袁尚，可乘便圖之。」◎13

譚依言。遂刻將軍印二顆，暗送與二呂。二呂受訖，逕將印來稟曹操。操大笑曰：「譚暗送印者，欲汝等爲內助，待我破袁尚之後，就中取事耳。汝等權且受之，我自有主張。」自此，曹操便有殺譚之心。

〈評點〉

◎9：料劉表如見，是定論。（李漁）

◎10：更好。（李贄）

◎11：其言全不爲袁譚，竟是爲曹操。辛氏兄弟各懷一心，與袁氏兄弟正復相似。（毛宗崗）

◎12：誰知後來皆成畫餅。（李漁）

◎13：郭圖大通，然也生事。（李贄）

注釋

※3：因聽信讒言而彼此產生仇怨。

※4：原意是腳後跟，這裏是跟隨的意思。

且說袁尚與審配商議：「今曹操兵運糧入白溝，必來攻冀州。如之奈何？」配曰：「可發檄使武安長尹楷屯毛城，通上黨運糧道。令沮授之子沮鵠守邯鄲，遠為聲援。主公可進兵平原，急攻袁譚。先絕袁譚，然後破曹。」袁尚大喜，留審配與陳琳守冀州，使馬延、張顗二將為先鋒，連夜起兵攻打平原。

譚知尚兵來近，告急於操。操曰：「吾此番必得冀州矣！」正說間，適許攸自許昌來，聞尚又攻譚，入見操曰：「丞相坐守於此，豈欲待天雷擊殺兩袁乎？」操笑曰：「吾已料定矣！」遂令曹洪先進兵攻鄴，操自引一軍來攻尹楷。

兵臨本境，楷引軍來迎。楷出馬。操曰：「許仲康安在？」許褚應聲而出，縱馬直取尹楷，楷措手不及，被許褚一刀斬於馬下。餘眾奔潰，操盡招降之。即勒兵取邯鄲，沮鵠進兵來迎。張遼出馬，與鵠交鋒。戰不三合，鵠大敗！遼從後追趕，兩馬相離不遠，遼急取弓射之，應弦落馬。操指揮軍馬掩殺，眾皆奔散。

於是操引大軍前抵冀州，曹洪已近城下。操令三軍繞城築起土山，又暗掘地道以攻之。

審配設計堅守，法令甚嚴。東門守將馮禮因酒醉有誤巡警，配痛責之。◎14馮禮懷恨，潛地出城降操。操問破城之策，禮曰：「突門內土厚，可掘地道而入。」操便令馮禮引三百壯士夤夜掘地道而入。

卻說審配自馮禮出降之後，每夜親自登城，點視軍馬。當夜，在突門閣上，望

◆河南許昌曹操練兵台遺址。（聶鳴／fotoe提供）

見城外無燈火，配曰：「馮禮必引兵從地道而入也！」急喚精兵運石擊突閘門。門閉，馮禮及三百壯士皆死於土內。操折了這一場，遂罷地道之計。退軍於洹水之上，以候袁尚回兵。

袁尚攻平原，聞曹操已破尹楷、沮鵠大軍，圍困冀州。乃掣兵回救。部將馬延曰：「從大路去，曹操必有伏兵。可取小路從西山出滏水口，去劫曹營，必解圍也。」

尚從其言，自領大軍先行，令馬延與張顗斷後。早有細作去報曹操。操曰：「彼若從大路上來，吾當避之。若從西山小路而來，一戰可擒也！吾料袁尚必舉火爲號，令城中接應。◎15吾可分兵擊之。」於是分撥已定。

卻說袁尚出滏水界口，東至陽平，屯軍陽平亭。離冀州十七里，一邊靠著滏水。尚令軍士堆積柴薪乾草，至夜焚燒爲號。遣主簿李孚扮作曹軍都督，直至城下，大叫：「開門！」審配認得李孚聲音，放入城中，說：「袁尚已陳兵在陽平亭，等候接應。若城中兵出，亦舉火爲號。」配教城中堆草放火，以通音信。孚曰：「城中無糧。可發老弱殘兵并婦人出降，彼必不爲備。我即以兵繼百姓

〈評點〉

◎14：淳于瓊以酒失事，今馮禮又以酒失事，何袁將之善飲也。（毛宗崗）

◎15：阿瞞料事多中。（李漁）

之後，出攻之！」◎16配從其論。

次日，城上豎起白旗，上寫：「冀州百姓投降」。操曰：「此是城中無糧，教老弱百姓出降。後必有兵出也。」操教張遼、徐晃各引三千軍馬伏於兩邊。操自乘馬、張麾蓋，至城下，果見城門開處，百姓扶老攜幼，手持白旗而出。百姓纔出盡，城中兵突出。操教將紅旗一招，張遼、徐晃兩路兵齊出亂殺，城中兵只得復回。操自飛馬趕來，到弔橋邊，城中弩箭如雨，射中操盔，險透其頂。眾將急救回陣。

操更衣換馬，引眾將來攻尚寨。尚自迎敵。時各路軍馬一齊殺至，兩軍混戰，袁尚大敗。

尚引敗兵退往西山下寨，令人催取馬延、張顗軍來。不知曹操已使呂曠、呂翔去招安二將，二將隨二呂來降操，亦封為列侯。即日進兵攻打西山，先使二呂、馬延、張顗截斷袁尚糧道。

尚情知西山守不住，夜走濫口。安營未定，四下火光並起，伏兵齊出！人不及甲，馬不及鞍，尚軍大潰，退走五十里。勢窮力竭，只得遣「豫州刺史」陰夔至操營請降。

操佯許之，卻連夜使張遼、徐晃去劫寨。◎17尚盡棄印綬、節鉞、衣甲、輜重，望中山而逃。

◆春秋戰國戰車乘戰復原模型，這種車稱為「蘋車」，屬於防禦性戰車。中國軍事博物館藏品。（朱丹／fotoe提供）

操回軍攻冀州。許攸獻計曰：「何不決漳河之水以渰之？」操然其計，先差軍於城外掘河塹，週圍四十里。

審配在城上，見操軍在城外掘塹，卻掘得甚淺。配暗笑曰：「此欲決漳河之水以灌城耳，河深可灌，如此之淺，有何用哉？」遂不爲備。

當夜，曹操添十倍軍士併力發掘，比及天明，廣深二丈，引漳水灌入，城中水深數尺。◎18更兼糧絕，軍士皆餓死。

辛毗在城外用槍挑袁尚印綬衣服，招安城內之人。審配大怒，將辛毗家屬老小八十餘口，就於城上斬之，將頭擲下。辛毗號哭不已。

審配之姪審榮素與辛毗相厚。見辛毗家屬被害，心中懷忿。乃密寫獻門之書，拴於箭上，射下城來。軍士拾獻辛毗。毗將書獻操，操先下令：「如入冀州，休得殺害袁氏一門老小。軍民降者免死。」

次日天明，審榮大開西門，放曹兵入。辛毗躍馬先入，軍將隨後殺入冀州。審配在東南城樓上，見操軍已入城中，引數騎下城死戰，正迎徐晃交馬。晃生擒審配，綁出城來。路逢辛毗，毗咬牙切齒，以鞭鞭配首曰：「賊殺才！今日死矣！」

〈評點〉

◎16：爾時冀州百姓未死於水，而先死於兵矣！（毛宗崗）

◎17：許其降而劫之，好著數。（李漁）

◎18：操之掘塹，先淺後深，詭譎可喜。（毛宗崗）

配大罵辛毗：「賊徒！引曹操破我冀州，我恨不殺汝也。」

徐晃解配見操。操曰：「汝知獻門接我者乎？」配曰：「不知！」操曰：「此汝姪審榮所獻也。」配怒曰：「小兒無行，乃至於此。」◎19操曰：「昨孤至城下，何城中弩箭之多耶？」配曰：「恨少！恨少！」操曰：「卿忠於袁氏，不容不如此。今肯降吾否？」配曰：「不降！不降！」

辛毗哭拜於地曰：「家屬八十餘口，盡遭此賊殺害。願丞相戮之，以雪此恨。」配曰：「吾生爲袁氏臣，死爲袁氏鬼。不似汝輩讒諂阿諛之賊。可速斬我！」操教牽出。臨受刑，叱行刑者曰：「吾主在北，不可使吾面南而死。」乃向北跪，引頸就刃。後人有詩嘆曰：

「河北多名士，誰如審正南？命因昏主喪，心與古人參。
忠直言無隱，廉能志不貪；臨亡猶北面，降者盡羞慚。」

審配既死，操憐其忠義，命葬於城北。

◆辛毗在城外招安，審配大怒，在城上殺害辛毗全家八十餘人，將頭擲下城來。（fotoe提供）

眾將請曹操入城。操方欲起行，只見刀斧手擁一人至，操視之，乃陳琳也。操謂之曰：「汝前爲本初作檄，但罪狀孤可也，何乃辱及祖父也？」琳答曰：「箭在弦上，不得不發耳。」左右勸操殺之。操憐其才，乃赦之，命爲從事。

卻說操長子曹丕，字子桓，時年十八歲。丕初生時，有雲氣一片，其色青紫，圓如車蓋，覆於其室，終日不散。有望氣者※5密謂操曰：「此天子之氣也，令嗣貴不可言。」丕八歲能屬文，有逸才，博古通今。善騎射，好擊劍。◎20時操破冀州，丕隨父在軍中，先領隨身軍，逕投袁紹家下馬，拔劍而入。有一將當之曰：「丞相有命，諸人不許入紹府。」丕叱退，提劍入後堂。見兩個婦人相抱而哭。丕向前欲殺之，正是：

「四世公侯已成夢，一家骨肉又遭殃。」

未知性命如何？且看下文分解……

〈評點〉

◎19：袁氏兄弟相左，審氏叔姪亦相左。俱是骨肉之變。（毛宗崗）

◎20：百忙中忽入曹丕一小傳，早爲後文曹丕稱帝伏線。（毛宗崗）

◆魏文帝曹丕（187－226），字子桓，沛國譙（今安徽亳州）人，曹操之妻卞氏所生長子，西元220年廢漢獻帝，自己稱帝，建立魏國。他還是有名的文學家，與父曹操、弟曹植並稱「三曹」。（葉雄繪）

注釋

※5：以觀望雲氣預測吉凶禍福的方士。

第三十三回　曹丕乘亂納甄氏　郭嘉遺計定遼東

卻說曹丕見二婦人啼哭，拔劍欲斬之，忽見紅光滿目，遂按劍而問曰：「汝何人也？」一婦人乃告曰：「妾乃袁將軍之妻劉氏也。」丕曰：「此女何人？」劉氏曰：「此次男袁熙之妻甄氏也。因熙出鎮幽州，甄氏不肯遠行，故留於此。」丕拖此女近前，見披髮垢面。丕以衫袖拭其面而觀之，見甄氏玉肌花貌，有傾國之色。◎1遂對劉氏曰：「吾乃曹丞相之子也。願保汝家，汝勿憂慮。」遂按劍坐於堂上。

卻說曹操統領眾將入冀州城，將入城門，許攸縱馬近前，以鞭指城門而呼操曰：「阿瞞，汝不得我，安得入此門？」操大笑！◎2眾將聞言，俱懷不平。

操至紹府門下，問曰：「誰曾入此門來？」守將對曰：「世子※1在內。」操喚出責之。劉氏出，拜曰：「非世子不能保全妾家，願獻甄氏為世子執箕帚。」操教喚出甄氏，拜於前。操視之曰：「真吾兒婦也！」遂令曹丕納之。

◆甄宓（？～221），中山無極（今河北省正定縣東）人，甄逸之女。嫁給袁紹之子袁熙。曹操攻破冀州城後嫁給曹丕，被立為夫人。西元220年曹丕稱帝後寵愛郭后，第二年六月便賜死甄后。(fotoe提供)

操既定冀州，親往袁氏墓下設祭；再拜而哭，甚哀。顧謂眾將曰：「昔日吾與本初共起兵時，本初問我曰：『若事不濟，方面何所可據？』吾問之曰：『足下意欲若何？』本初曰：『吾南據河北，比阻燕、代。兼沙漠之眾，南向以爭天下。庶可以濟乎？』吾答曰：『吾任天下之智力，以道御之，無所不可。』此言如昨。而今本初已喪，吾不能不為流涕也！」眾皆嘆息。

操以金帛、糧米賜紹妻劉氏。乃下令曰：「河北居民遭兵革之難，盡免今年租賦。」◎3一面寫表申朝。操自領「冀州牧」。

一日，許褚走馬入東門，正迎許攸。攸喚褚曰：「汝等無我，安能出入此門乎？」褚怒曰：「吾等千生萬死，身冒血戰，奪得城池。汝安敢誇口？」攸罵曰：「汝等皆匹夫耳。何足道哉！」褚大怒，拔劍殺攸。提頭來見曹操，說：「許攸如此無禮，某殺之矣！」操曰：「子遠與吾舊交，故相戲耳。何故殺之？」深責許褚，令厚葬許攸。◎4

〈評點〉

◎1：一語包著一篇「洛神賦」。（毛宗崗）

◎2：驕甚，取死之道也。阿瞞笑中已有刀矣。（李漁）

◎3：此奸雄收拾民心處。（毛宗崗）

◎4：都是奸雄欺人處。（毛宗崗）

◆曹丕乘亂納甄氏。戰爭年代，女人的命運尤其無法自主。（鄧嘉德繪）

注釋

※1：古代天子、諸侯的嫡長子，亦為繼承人。

乃令人遍訪冀州賢士。

冀民曰：「騎都尉崔琰，字季珪。清河東武城人也。數曾獻計於袁紹，紹不從，因此托疾在家。」操即召琰爲本州別駕從事。因謂曰：「昨按本州戶籍，共計三十萬眾。可謂大州。」琰曰：「今天下分崩，九州幅裂。二袁兄弟相爭，冀民暴骨原野。丞相不急存問風俗，救其塗炭，而先計校戶籍，豈本州士女所望於明公哉？」◎5操聞言，改容謝之，待爲上賓。

操已定冀州，使人探袁譚消息。時譚引兵劫掠甘陵、安平、渤海、河間等處，聞袁尚敗走中山，乃統軍攻之。尚無心戰鬥，逕奔幽州投袁熙。譚盡降其眾，欲復圖冀州。操使人召之，譚不至。操大怒，馳書絕其婚。自統大軍征之，直抵平原。

譚聞操自統軍來，遣人求救於劉表。表請玄德商議。玄德曰：「今操已破冀州，兵勢正盛，袁氏兄弟不久必爲操擒，救之無益。況操常有窺荊、襄之意，我只養兵自守，未可妄動。」表曰：「然則何以謝之？」玄德曰：「可作書與

◆許褚怒斬許攸。日本浮世繪，葛飾戴斗《繪本通俗三國志》。（葛飾戴斗／fotoe提供）

袁氏兄弟，以和解爲名，婉詞謝之。」表然其言，先遣人以書遺譚。書略曰：

「君子違難※2，不適讎國。日前聞君屈膝降曹，則是忘先人之讎，棄手足之誼，而遺同盟之恥矣！若『冀州※3』不弟，當降心相從，待事定之後，使天下平其曲直。不亦高義耶？」◎6

與袁尚書曰：

「青州天性峭急，迷其曲直。君當先除曹操，以卒先公之恨。事定之後，乃計曲直。不亦善乎？若迷而不返，則是韓盧、東郭自困於前，而遺田父之獲也※4。」

◆武漢龜山三國城崔琰雕像。（劉兆明／fotoe 提供）

譚得表書，知表無發兵之意。又自料不能敵操，遂棄平原，走往南皮。曹操追至南皮，時天氣寒肅，河道盡冰，糧船不能行動。操令本處百姓敲冰拽船，百姓聞令而逃。操大怒，欲捕斬之。百姓聞得，乃親往營中

〈評點〉

◎5：名不虛傳。（李漁）

◎6：實實經濟，亦道學家語也。要知要知。（李贄）

注釋

※2：避難。違：避開。

※3：這是用官名代稱人名的一種舊例。「冀州」，指袁尚，因他任冀州牧；後文的「青州」則是指袁譚，因他任青州刺史。

※4：古代寓言故事：韓盧是隻最好的獵狗，東郭逡是隻跑得很快的狡兔。韓盧追趕東郭逡，繞山三圈，翻山五次，最後狗和兔都筋疲力盡而死，過路的農民發現，不費一點力氣就把牠們兩個都拾了去。

投首。

操曰：「若不殺汝等，則吾號令不行。若殺汝等，吾又不忍。汝等快往山中藏避，休被我軍士擒獲。」◎7百姓皆垂淚而去。

袁譚引兵出城，與曹軍相敵。兩陣對圓，操出馬，以鞭指譚而罵曰：「吾厚待汝，何生異心？」譚曰：「汝犯我境界，奪吾城池，賴吾妻子，反說我有異心耶？」操大怒，使徐晃出馬。譚使彭安接戰，兩馬相交，不數合，晃斬彭安於馬下。譚軍敗走，退入南皮。操遣軍四面圍住。譚著慌，使辛評見操約降。◎8

操曰：「袁譚小子，反覆無常，吾難准信。汝弟辛毗吾已重用，汝亦留此可也！」評曰：「丞相差矣！某聞『主貴臣榮，主憂臣辱』，某久事袁氏，豈可背之？」操知其不可留，乃遣回。

評回見譚，言：「操不准投降！」譚叱曰：「汝弟見事曹操，汝懷二心耶？」評聞言，氣滿塡胸，昏絕於地。譚令扶出，須臾而死。◎9譚亦悔之。

郭圖謂譚曰：「來日盡驅百姓當先，以軍繼其後，與曹操決一死戰。」◎10譚從其言。當夜盡驅南皮百姓，皆執刀槍聽令。次日，平明，大開四門。軍在後驅，百姓在前，喊聲大舉，一齊擁出，直抵曹寨。兩軍混戰，自辰至午，勝負未分。殺人遍地。操見未獲全勝，乘馬上山，親自擊鼓。將士見之，奮力向前。譚軍大敗，百姓被殺者無數。◎11

曹洪奮威突陣，正迎袁譚，舉刀亂砍，譚竟被曹洪殺於陣中。

郭圖見陣大亂，急馳入城中。樂進望見，拈弓搭箭，射下城濠，人馬俱陷。操引兵入南皮，安撫百姓。忽有一彪軍來到，乃袁熙部將焦觸、張南也。操自引軍迎之，二將倒戈卸甲，特來投降，操封爲列侯。又黑山賊張燕引軍十萬來降，操封爲「平北將軍」。下令將袁譚首級號令：「敢有哭者，斬！」

頭挂北門外，一人布冠衰衣※5，哭於頭下。左右拏來見操。操問之，乃青州別駕王修也，因諫袁譚被逐，今知譚死，故來哭之。

〈評點〉

◎7：己則放之，而又使軍士獲之。則曰：「殺人者是軍士也，非我也！」奸雄之極。（毛宗崗）

◎8：何不仍與尚相和耶？（李漁）

◎9：辛評之死，勝辛毗之生。（毛宗崗）

◎10：不惜百姓者，能保土地乎？（毛宗崗）

◎11：此時北方百姓大是當災。（毛宗崗）

◆王修哭袁譚之首。日本浮世繪，葛飾戴斗《繪本通俗三國志》。（葛飾戴斗／fotoe提供）

注釋

※5：即縗衣，古代用粗麻布製成的喪服。

操曰：「汝知吾令否？」修曰：「知之！」操曰：「汝不怕死耶？」修曰：「我生受其辟令※6，今亡而不哭，非義也。畏死忘義，何以立世乎？若得收葬譚屍，受戮無恨。」◎12操曰：「河北義士何其如此之多也？可惜袁氏不能用；若能用，則我安敢正眼覷此地哉！」◎13

遂命收葬譚屍，禮修爲上賓，以爲「司金中郎將」。因問之曰：「今袁尚已投袁熙，取之當用何策？」修不答。操曰：「忠臣也！」問郭嘉。嘉曰：「可使袁氏降將焦觸、張南等自攻之。」操用其言，隨差焦觸、張南、呂曠、呂翔、馬延、張顗各引本部兵，分三路進攻幽州。一面使李典、樂進會合張燕，打并州，攻高幹。

且說袁尚、袁熙知曹兵將至，料難迎敵，乃棄城引兵，星夜奔遼西，投烏桓去了。

幽州刺史烏桓觸聚幽州眾官，歃血爲盟。共議背袁向曹之事。烏桓觸先言曰：「吾知曹丞相當世英雄，今往投降，有不遵令者，斬！」依次歃血，循至別駕韓珩。珩乃擲劍於地，大呼曰：「吾受袁公父子厚恩。今主敗亡，智不能救，勇不能死，於義缺矣！若北面而降曹，吾不爲也。」◎14眾皆失色。

烏桓觸曰：「夫興大事，當立大義。事之濟否，不待一人。韓珩既有志如此，聽其自便。」◎15推珩而出。烏桓觸乃出城迎接三路軍馬，逕來降操。操大喜，加爲「鎮北將軍」。

忽探馬來報：「樂進、李典、張燕攻打并州，高幹守住壺關口，不能下。」操自勒兵前往，三將接著，說：「幹拒關難擊。」操集眾將，共議破幹之計。

荀攸曰：「若破幹，須用『詐降計』方可。」操然之，喚降將呂曠、呂翔，附耳低言：「如此如此……」

呂曠等引軍數十，直抵關下。叫曰：「吾等原係袁氏舊將，不得已而降曹。曹操為人詭譎，薄待吾等，吾今還扶舊主，可疾開關相納。」高幹未信，只教二將自上關說話。二將卸甲棄馬而入，謂幹曰：「曹軍新到，可乘其軍心未定，今夜劫寨。某等願當先。」幹喜，從其言。◎16

是夜，教二呂當先，引萬餘軍前去。將至曹寨，背後喊聲大震，伏兵四起。高幹知是中計，急回壺關城。樂進、李典已奪了關。高幹奪路走脫，往投單于。操領兵拒住關口，使人追襲高幹。

幹到單于界，正迎北番左賢王。幹下馬拜伏於地，言：「曹操吞併疆土，今欲

〈評點〉

◎12：語從血性中流出，讀之可以作「忠」。（毛宗崗）

◎13：果然果然。（李贄）

◎14：韓珩自是奇士。（毛宗崗）

◎15：韓、烏都好。（李贄）

◎16：呂曠等反覆無定，幹之不疑，宜其敗也。（李漁）

注釋

※6：辟除的命令。漢代州郡長官有權自行任用屬吏，王修官至青州別駕，即為青州刺史袁譚生前所任用，所以說「生受其辟命」。

犯王子地面。萬乞救援，同力克復，以保北方。」左賢王曰：「吾與曹操無讎，豈有侵我土地？汝欲使我結怨於曹氏耶？」叱退高幹。

幹尋思無路，只得去投劉表。行至上潞，被都尉王琰所殺，將頭解曹操。操封琰為列侯。

并州既定，◎17操商議西擊烏桓。曹洪等曰：「袁熙、袁尚兵敗將亡，勢窮力盡。遠投沙漠。我今引兵西擊，倘劉備、劉表乘虛襲許都，我救應不及，為禍不淺矣！請回師勿進為上。」

郭嘉曰：「諸公所言錯矣！主公雖威震天下，沙漠之人恃其邊遠，必不設備。乘其無備，卒然擊之，必可破也。且袁紹與烏桓有恩，而尚與熙兄弟猶存，不可不除。劉表坐談之客耳，自知才不足以御劉備，重任之則恐不能制，輕任之則備不為用。雖虛國遠征，公無憂也！」操曰：「奉孝之言極是！」遂率大小三軍，車數千

◆郭嘉遺計定遼東。郭嘉勸說曹操西擊烏桓。（fotoe提供）

輛，望前進發。

但見黃沙漠漠，狂風四起。道路崎嶇，人馬難行。◎18操有回軍之心，問於郭嘉。嘉此時不服水土，臥病車中。

操泣曰：「因我欲平沙漠，使公遠涉艱辛，以至染病。吾心何安？」嘉曰：「某感丞相大恩，雖死不能報萬一。」操曰：「吾見北地崎嶇，意欲回軍。若何？」嘉曰：「『兵貴神速』。今千里襲人，輜重多而難以趨利，不如輕兵兼道以出，掩其不備。但須得識徑路者爲引導耳。」◎19遂留郭嘉於易州養病，求鄉導官以引路。

有袁紹舊將田疇深知此境，操召而問之。疇曰：「此道夏秋間有水，淺不通車馬，深不載舟楫，最難行動。不如回軍，從盧龍口越白檀之險，出空虛之地，前近柳城，掩其不備，冒頓可一戰而擒也。」操從其言，封田疇爲「靖北將軍」，作鄉導官，爲前驅。張遼爲次。操自押後，倍道輕騎而進。

田疇引張遼前至白狼山，正遇袁熙、袁尚會合冒頓等數萬騎前來。張遼飛報曹操，操自勒馬登高望之。見冒頓兵無隊伍，參差不整。操謂張遼曰：「敵兵不整，

〈評點〉

◎17：四州於此一結。（李漁）

◎18：四句抵得一篇塞上行。（毛宗崗）

◎19：病人能作如此壯健語，毋怪今之壯健人反奄奄如作病中語也。（毛宗崗）

便可擊之！」乃以麾授遼。遼引許褚、于禁、徐晃分四路下山，奮力急攻。冒頓大亂，遼拍馬斬冒頓於馬下，餘將皆降。袁熙、袁尚引數千騎投遼東去了。

操收軍入柳城，封田疇爲柳亭侯，以守柳城。疇涕泣曰：「某負義逃竄之人耳。蒙厚恩全活，爲幸多矣！豈可賣盧龍之寨，以邀賞祿哉！死不敢受侯爵。」◎20操義之，乃拜疇爲議郎。

操撫慰單于人等，收得駿馬萬匹，即日回兵。時天氣寒且旱，二百里無水。軍又乏糧，殺馬爲食，鑿地三四十丈方得水。操回至易州，重賞先曾諫者。因謂眾將曰：「孤前者乘危遠征，僥倖成功。雖得勝，天所佑也，不可以爲法。諸君之諫，乃萬安之計。是以相賞，後勿難言。」

操到易州時，郭嘉已死數日，停柩在公廨。操往祭之，大哭曰：「奉孝死，乃天喪吾也。」回顧眾官曰：「諸君年齒皆孤等輩。惟奉孝最少，吾欲託以後事，不期中年夭折，使吾心腸崩裂矣！」◎21

嘉之左右將嘉臨死所封之書呈上曰：「郭公臨死，親筆書此。囑曰：『丞相若從書中所言，遼東事定矣！』」操拆書視之，點頭嗟嘆！諸人皆不知其意。次日，

◆武漢龜山三國城郭嘉塑像。
（劉兆明／fotoe 提供）

夏侯惇引眾入稟曰：「遼東太守公孫康久不賓服。今袁熙、袁尚又往投之，必爲後患。不如乘其未動，速往征之，遼東可得也。」操笑曰：「不煩諸公虎威。數日之後，公孫康自送二袁之首至矣！」諸將皆不肯信。◎22

卻說袁熙、袁尚引數千騎奔遼東。遼東太守公孫康本襄平人，「武威將軍」公孫度之子也。當日知袁熙、袁尚來投，遂聚本部屬官商議此事。公孫恭曰：「袁紹存日，常有吞遼東之心。今袁熙、袁尚兵敗將亡，無處依棲，來此相投。是『鳩奪鵲巢』※7之意也。若容納之，後必相圖。不如賺入城中殺之，獻頭與曹公。曹公必重待我。」

康曰：「只怕曹操引兵下遼東，又不如納二袁，使爲我助。」◎23恭曰：「可使人探聽，如曹兵來攻，則留二袁。如其不動，則殺二袁送與曹公。」康從之，使人去探消息。

卻說袁熙、袁尚至遼東。二人密議曰：「遼東軍兵數萬，足可與曹操爭衡。今

〈評點〉

◎20：田疇爲操設謀，雖不及王修，高於呂曠等多矣。（李漁）

◎21：說眞情，又慰眾心，甚妙。（李贄）

◎22：不獨當事諸將不肯信，即今讀者亦不肯信。（毛宗崗）

◎23：有此一折，方見郭嘉遺計之奇。（毛宗崗）

注釋

※7：相傳鳩鳥自己不做巢，等到鵲把巢做好了，便把鵲的巢占爲己有。

暫投之，後當殺公孫康而奪其地。養成氣力，而抗中原。可復河北也。」◎24商議已定，乃入見公孫康。康留於館驛，只推有病，不即相見。不一日，細作回報：「曹操兵屯易州，並無下遼東之意。」公孫康大喜，乃先伏刀斧手於壁衣中，使二袁入。相見禮畢，命坐。時天氣嚴寒，尚見牀榻上無裀褥※8，謂康曰：「願舖坐席！」康瞋目言曰：「汝二人之頭將行萬里，何席之有？」◎25尚大驚！

康叱曰：「左右何不下手？」刀斧手擁出，就坐席上砍下二人之頭，用木匣盛貯，使人送到易州，來見曹操。

時操在易州按兵不動。夏侯惇、張遼入稟曰：「如不下遼東，可回許都。恐劉表生心。」操曰：「待二袁首級至，即便回兵。」眾皆暗笑。忽報遼東公孫康遣人送袁熙、袁尚首級至，眾皆大驚！

使者呈上書信。操大笑曰：「不出奉孝之料！」重賞來使，封公孫康爲襄平侯、「左將軍」。眾官問曰；「何爲不出奉孝之所料？」操遂出郭嘉書以示之。◎26書略曰：

「今聞袁熙、袁尚往投遼東，明公切不可加兵。公孫康久畏袁氏吞併，二袁往投必疑。若以兵擊之，必併力迎敵，急不可下。若緩之，公孫康、袁氏必自相圖，其勢然也。」◎27

眾皆踴躍稱善。操引眾官復設祭於郭嘉靈前，亡年三十八

◆范蠡，字少伯，楚國宛（今河南南陽）人。春秋後期越國名臣、著名政治家，是越國併吳國的功臣。傳范蠡在滅吳後，乘扁舟浮海到達齊國，定居於陶，因改姓朱，被人稱為陶朱公，以經商致富，被尊為商人的祖師。其言論見於《國語・越語下》和《史記・貨殖列傳》。（fotoe 提供）

歲，從征十有一年，多立奇勳。後人有詩讚曰：

「天生郭奉孝，豪傑冠群英。腹內藏經史，胸中隱甲兵；
運謀如范蠡，決策似陳平※9。可惜身先喪，中原梁棟傾。」

操領兵還冀州，使人先扶郭嘉靈柩於許都安葬。

程昱等請曰：「北方既定，今還許都，可早建下江南之策。」操笑曰：「吾有此志久矣！諸君所言，正合吾意。」是夜，宿於冀州城東角樓上，憑欄仰觀天文。時荀攸在側。操指曰：「南方旺氣燦然，恐未可圖也。」◎28攸曰：「丞相天威，何所不服？」

正看間，忽見一道金光，從地而起。攸曰：「此必有寶於地下。」操下樓，令人隨光掘之。正是：

「星文方向南中指，金寶旋從北地生。」

不知所得何物？且聽下文分解……

〈評點〉

◎24：不出公孫恭之料。（毛宗崗）
◎25：驚殺袁。語亦新鮮。（李漁）
◎26：至此方出書相示，文勢絕妙。（李漁）
◎27：如此人，如何可死？（李贄）
◎28：爲後文「赤壁兵敗」伏線。（毛宗崗）

注釋

※8：被褥。裀：墊子或褥子。
※9：范蠡：春秋末越國大夫，曾助越王勾踐滅吳國。陳平：漢初大臣，曾助劉邦得天下。

第三十四回　蔡夫人隔屏聽密語　劉皇叔躍馬過檀溪

卻說曹操於金光處掘出一銅雀，問荀攸曰：「此何兆也？」攸曰：「昔舜母夢玉雀入懷而生舜。今得銅雀，亦吉祥之兆也。」◎[1]操大喜，遂命作高臺以慶之。乃即日破土斷木、燒瓦磨磚，築銅雀臺於漳河之上。約計一年而工畢。◎[2]

少子曹植進曰：「若建層臺，必立三座。中間高者名爲銅臺，左邊一座名爲玉龍，右邊一座名爲金鳳。更作兩條飛橋，橫空而上，乃爲壯觀。」操曰：「吾兒所言甚善。他日臺成，足可娛吾老矣！」原來曹操有五子，惟植性敏慧，善文章。曹操平日最愛之。

於是留曹植與曹丕在鄴郡造臺。使張燕守北寨。操將所得袁紹之兵共五、六十萬，班師回許都，大封功臣。又表贈郭嘉爲貞侯，養其子奕於府中。復聚眾謀士商議，欲南征劉表。

荀彧曰：「大軍方北征而回，未可復動。且待半年，養精蓄銳。劉表、孫權可一鼓而下也。」操從之。遂分兵屯田，以候調用。

卻說玄德自到荊州，劉表待之甚厚。一日，正相聚飲酒。忽報：「降將張武、

◆ 河北涿州影視城內的標誌性建築——銅雀台。（旗飛／fotoe提供）

陳孫在江夏擄掠人民，共謀造反。」表驚曰：「二賊又反，爲禍不小！」玄德曰：「不須兄長憂慮，備請往討之。」表大喜。即點三萬軍與玄德前去。

玄德領命即行，不一日，來到江夏。張武、陳孫引兵來迎。玄德與關、張、趙雲出馬，在門旗下望見張武所騎之馬極其雄駿。玄德曰：「此必千里馬也！」◎3言未畢，趙雲挺槍而出，逕衝彼陣。張武縱馬來迎，不三合，被趙雲一槍刺落馬下。隨手扯住轡頭，牽馬回陣。陳孫見了，隨趕來奪。張飛大喝一聲！按槍直出，將陳孫刺死。◎4眾皆潰散！

玄德招安餘黨，平復江夏諸縣，班師而回。表出郭迎接入城，設宴慶功。

酒至半酣，表曰：「吾弟如此雄才，荊州有倚賴也。但憂南越不時來寇，張魯、孫權皆足爲慮。」玄德曰：「弟有三將，足可委用。使張

〈評點〉

◎1：後曹丕欲學舜之禪堯，於此先伏一筆。（毛宗崗）

◎2：大兵之後，又興大役。愛民者如是乎？（毛宗崗）

◎3：曹操喜得死雀，劉備卻愛活馬。（毛宗崗）

◎4：如此不耐廝殺之人也，混賬。可恨，可恨。（李贄）

◆河南社旗山陝會館石獅座壁上的千里馬浮雕。（朧鳴／fotoe 提供）

飛巡南越之境。雲長拒固子城，以鎮張魯。趙雲拒三江，以當孫權，何足慮哉！」◎5表喜，欲從其言。

蔡瑁告其姊蔡夫人曰：「劉備遣三將居外，而自居荊州，久必爲患。」蔡夫人乃夜對劉表曰：「我聞荊州人多與劉備往來，不可不防之。今容其住居城中無益，不如遣使他往。」表曰：「玄德仁人也！」蔡氏曰：「只恐他人不似汝心。」表沉吟不答。

次日出城，見玄德所乘之馬極駿。問之，知是張武之馬，表稱讚不已。玄德遂將此馬送與劉表。表大喜，騎回城中。蒯越見而問之，表曰：「此玄德所送也！」

越曰：「昔先兄蒯良最善相馬。越亦頗曉。此馬眼下有淚槽，額邊生白點。名爲的盧，騎則妨主。張武爲此馬而亡，主公不可乘之。」表聽其言。

次日，請玄德飲宴。因言曰：「昨承惠良馬，深感厚意。但賢弟不時征進，可以用之。敬當送還。」玄德起謝。表又

◆東漢末期割據諸侯劉表（142～208）及其妻蔡夫人。（fotoe提供）

曰：「賢弟久居此間，恐廢武事。襄陽屬邑新野縣頗有錢糧，弟可引本部軍馬於本縣屯紮，何如？」◎6玄德領諾。次日謝別劉表，引本部軍馬逕往新野。

方出城門，只見一人在馬前長揖，曰：「公所騎馬，不可乘也。」玄德視之，乃荊州幕賓伊籍，字機伯，山陽人也。玄德忙下馬問之。籍曰：「昨聞蒯異度對劉荊州云：『此馬名的盧，乘則妨主。』因此還公，公豈可復乘之？」玄德曰：「深感先生見愛。但凡人生死有命，豈馬所能妨哉？」◎7籍服其高見，自此常與玄德往來。

玄德自到新野，軍民皆喜，政治一新。建安十二年春，甘夫人生劉禪。是夜，有白鶴一隻，飛來縣衙屋上，高鳴四十餘聲，望西飛去。◎8臨分娩時，異香滿室。甘夫人嘗夜夢仰吞北斗，因而懷孕，故乳名阿斗。◎9

此時曹操正統兵北征。玄德乃往荊州，說劉表曰：「今曹操悉兵北征，許昌空虛。若以荊、襄之眾乘間襲之，大事可就也。」表曰：「吾坐據荊州足矣！豈可別

〈評點〉

◎5：但慮南越、張魯、孫權，而獨不慮及曹操。可謂知近不知遠矣！（毛宗崗）

◎6：數語已在前沉吟不語時算定矣！（毛宗崗）

◎7：劉表懼妨，玄德不懼妨。即此便見兩人高下。（毛宗崗）

◎8：應後劉禪稱帝西川四十餘年。（毛宗崗）

◎9：後主原是福星，今之封翁公子皆此派也。（李贄）

◆劉禪（207～271），字公嗣，小名阿斗，劉備之子，三國時期蜀漢後主（223～263年在位）。關於他，民間流傳最廣的說法就是「扶不起的阿斗」。（葉雄繪）

圖？」玄德默然。

表邀入後堂飲酒。酒至半酣，表忽長嘆！玄德曰：「兄長何故長嘆？」表曰：「吾有心事，未易明言。」玄德再欲問時，蔡夫人出立屏後，劉表乃垂頭不語。◎10須臾席散，玄德自歸新野。

至是年冬，聞曹操自柳城回。玄德甚嘆表之不用其言。忽一日，劉表遣使至，請玄德赴荊州相會。玄德隨使而往，劉表接著。敘禮畢，請入後堂飲宴。因謂玄德曰：「近聞曹操提兵回許都，勢日強盛。必有吞併荊州之心。昔日悔不聽賢弟之言，失此好機會。」◎11玄德曰：「今天下分裂，干戈日起。機會豈有盡乎？若能應之於後，未足爲恨也。」表曰：「吾弟之言甚當！」

相與對飲，酒酣，表忽潸然下淚。玄德問其故？表曰：「吾有心事，前者欲訴與賢弟，未得其便。」玄德曰：「兄長有何難決之事？倘有用弟之處，弟雖死不辭。」表曰：「前妻陳氏所生長子琦，爲人雖賢，而柔懦不足立大事。後妻蔡氏所生少子琮頗聰明。吾欲廢長立幼，恐礙於禮法。欲立長子，無奈蔡氏族中皆掌軍務，後必生亂。因此委決不下。」◎12

玄德曰：「自古廢長立幼，取亂之道。若憂蔡氏權重，可徐徐削之。不可溺愛而立少子也。」表默然。原來蔡夫人素疑玄德，凡遇玄德與表敘論，必來竊聽。是時正在屏風後，聞玄德此言，心甚恨之。玄德自知語失，遂起身如廁。因見己身髀肉復生※1，亦不覺潸然流淚。

少頃，復入席。表見玄德有淚容，怪問之。玄德長嘆曰：「備往常身不離鞍，髀肉皆散。今久不騎，髀裏肉生。日月蹉跎，老將至矣！而功業不建，是以悲耳。」表曰：「吾聞賢弟在許昌與曹操青梅煮酒，共論英雄。賢弟盡舉當世名士，操皆不許，而獨曰：『天下英雄，惟使君與操耳。』以曹操之權力，猶不敢居吾弟之先，何慮功業不建乎？」

玄德乘酒興，失口答曰：「備若有基本，天下碌碌之輩誠不足慮也。」◎13表聞言默然。玄德自知失語，託醉而起，歸館舍安歇。後人有詩讚玄德曰：

◆蔡夫人隔屏聽密語。劉備與劉表的談話全被蔡夫人聽去，讓他處境非常不利。(fotoe提供)

〈評點〉

◎10：寫盡悍婦防察之嚴，闇夫畏忌之狀。（毛宗崗）

◎11：九州鐵，鑄不成此大錯。（李漁）

◎12：既愛少子，又憐長子。既憐長子，又畏蔡氏。活畫一沒主意，沒決斷人。（毛宗崗）

◎13：前於曹操面前，假作愚人身分；今在劉表面前，卻露出英雄本色。（毛宗崗）

注釋

※1：髀，股腿相接處的外側。久不騎馬奔馳，習於安逸，腿根側部長了肥肉。叫做「髀肉復生」。

「曹公屈指從頭數，天下英雄獨使君。
髀肉復生猶感嘆，爭教寰宇不三分？」

卻說劉表聞玄德語，口雖不言，心懷不樂。別了玄德，退入內宅。蔡夫人曰：「適間我於屏後聽得劉備之言，甚輕覷人。足見其有吞併荊州之意。今若不除，必爲後患。」表不答，但搖頭而已。

蔡氏乃密召蔡瑁入，商議此事。瑁曰：「請先就館舍殺之！然後告知主公。」蔡氏然其言。瑁出，便連夜點軍。◎14

卻說玄德在館舍中秉燭而坐。三更以後，方欲就寢。忽一人叩門而入。視之，乃伊籍也。原來伊籍探知蔡瑁欲害玄德，特夤夜來報。◎15當下伊籍將蔡瑁之謀報知玄德，催促玄德速速起身。玄德曰：「未辭景升，如何便去？」籍曰：「公若辭，必遭蔡瑁之害矣！」

玄德乃謝別伊籍，急喚從者，一齊上馬。不待天明，星夜奔回新野。比及蔡瑁領軍到館舍時，玄德已去遠矣！瑁悔恨無及，乃寫詩一首於壁間。逕入見表曰：「劉備有反叛之意，題反詩於壁上，不辭而去矣！」

表不信，親詣館舍觀之。果有詩四句。詩曰：

「數年徒守困，空對舊山川；龍非池中物，乘雷欲上天！」

劉表見詩大怒，拔劍言曰：「誓殺此無義之徒！」行數步，猛省曰：「吾與玄德相處許多時，不曾見作詩。此必外人離間之計也！」遂回步入館舍，用劍尖削去此詩，棄劍上馬。◎16蔡瑁請曰：「軍士已點齊，可就往新野擒劉備。」表曰：「未可造次，容徐圖之！」

蔡瑁見表遲疑不決，乃暗與蔡夫人商議：「即日大會眾官於襄陽，就彼處謀之。」◎17次日，瑁稟表曰：「近年豐熟。合※2聚眾官於襄陽，可示撫勸之意。請主公一行！」表曰：「吾近日氣疾作，實不能行。可令二子為主待客。」瑁曰：「公子年幼，恐失於禮節。」表曰：「可往新野請玄德待

◆四川成都武侯祠，劉備殿前的丹陛雕龍。「龍豈池中物，乘雷欲上天」，雖然是蔡瑁偽作，用來形容劉備卻正合適。（魏德智／fotoe提供）

〈評點〉

◎14：蔡瑁不奉劉表之命，便欲點軍殺玄德。想見蔡瑁之橫，蔡夫人之專，而劉表之弱。（毛宗崗）

◎15：此是伊籍第一番救玄德。（李漁）

◎16：忽而大怒，忽而猛省。忽而拔劍，忽而棄劍。如潮起潮落，是劉表好處，是文字曲處。（毛宗崗）

◎17：玄德此年流年必有陰人作耗。一笑。（李贄）

注釋

※2：該當。

客。」◎18瑁暗喜正中其計，便差人請玄德赴襄陽。

卻說玄德奔回新野，自知失言取禍，未對眾人言之。忽使者至，請赴襄陽。孫乾曰：「昨見主公匆匆而回，意甚不樂。愚意度之，在荊州必有事故。今忽請赴會，不可輕往。」玄德方將前項事訴於諸人。

雲長曰：「兄自疑心語失。劉荊州並無嗔責之意。外人之言，未可輕信。襄陽離此不遠，若不去，則荊州反生疑矣！」◎19玄德曰：「雲長之言是也！」張飛曰：「筵無好筵，會無好會，不如休去！」◎20趙雲曰：「某將馬步軍三百人同往，可保主公無事。」玄德曰：「如此甚好！」遂與趙雲即日赴襄陽。

蔡瑁出郭迎接，意甚謙謹。隨後劉琦、劉琮二子引一班文武官僚出迎。玄德見二公子俱在，並不疑忌。是日，請玄德於館舍暫歇。趙雲引三百軍圍繞保護。雲披甲掛劍，行坐不離左右。

劉琦告玄德曰：「父親氣疾※3作，不能行動。特請叔父待客，撫勸各處收牧之官。」玄德曰：「吾本不敢當此！既有兄命，不敢不從。」

次日，人報九郡四十一州官員俱已到齊。蔡瑁預請蒯越計議曰：「劉備世之梟雄※4。久留於此，後必為害！可就今日除之。」越曰：「恐失士民之望。」瑁曰：「吾已密領劉荊州言語在此。」◎21越曰：「既如此，可

◆劉琦（約173～約210），山陽高平人，荊州劉表長子，曾任荊州刺史，英年早逝。（葉雄繪）

預作準備。」

瑁曰：「東門峴山大路已使吾弟蔡和引軍守把。南門外已使蔡中守把。北門外已使蔡勳守把。止有西門不必守把，前有檀溪阻隔，雖數萬之眾，不易過也。」越曰：「吾見趙雲不離玄德，恐難下手。」瑁曰：「吾伏五百軍在城內準備。」越曰：「可使文聘、王威二人另設一席於外廳，以待武將。先請住趙雲，然後可行事。」瑁從其言。

當日，殺牛宰馬，大張筵席。玄德乘的盧馬至州衙，命牽入後園拴繫。眾官皆至堂中。玄德主席，二公子兩邊分坐，其餘各依次而坐。趙雲帶劍立於玄德之側。文聘、王威入請趙雲赴席，雲推辭不去。玄德令雲就席，雲勉強應命而出。蔡瑁在外收拾得鐵桶相似，將玄德帶來三百軍都遣歸館舍，只待半酣，號起下手。

酒至三巡，伊籍起把盞。至玄德前，以目視玄德，低聲謂曰：「請更衣！」玄德會意，即起如廁。伊籍把盞畢，疾入後園，接著玄德，附耳報曰：「蔡瑁設計害

〈評點〉

◎18：也忒沒心事得快。（李漁）

◎19：孫乾有識，雲長有度，張飛有氣，子龍有膽。（李漁）

◎20：妙人，妙語。（李贄）

◎21：既作假詩，又傳假命。（李漁）

注釋

※3：氣機不調之病。

※4：強橫而有野心的人物。

君，城外東南北三處皆有軍馬守把，惟西門可走。公宜急逃！」◎22

玄德大驚，急解的盧馬，開後園門牽出；飛身上馬，不顧從者，匹馬望西門而走。門吏問之，玄德不答，加鞭而出。門吏當之不住，飛報蔡瑁。瑁即上馬，引五百軍隨後追趕。◎23

卻說玄德撞出西門，行無數里，前有一大溪攔住去路。那檀溪闊數丈，水通湘江，其波甚緊。玄德到溪邊，見不可渡，勒馬再回。遙望城西塵頭大起，追兵將至。玄德曰：「今日死矣！」遂回馬到溪邊。回頭看時，追兵已近。玄德著慌，急縱馬下溪。

行不數步，馬前蹄忽陷，浸濕衣袍。玄德乃加鞭，大呼曰：「的盧！的盧！今日妨吾！」言畢，那馬忽從水中湧身而起，一躍三丈，飛上西岸。玄德如從雲霧中起。◎24後來蘇學士有古風一篇，單咏「躍馬檀溪」事。詩曰：

「老去花殘春日暮，宦遊※5偶至檀溪路；停驂※6遙望獨徘徊，眼前零落飄紅絮。

暗想咸陽火德衰※7，龍爭虎鬭交相持。襄陽會上王孫飲，坐中玄德身將危。

逃身獨出西門道，背後追兵復將到。一川煙水漲檀溪，急叱征騎往前

◆清代楊柳青年畫《馬躍潭溪》。（fotoe提供）

跳。

馬蹄踏碎青玻璃，天風響處金鞭揮。耳畔但聞千騎走，波中忽見雙龍飛。
西川獨霸眞英主，坐下龍駒兩相遇。檀溪溪水自東流，龍駒英主今何處？
臨流三嘆心欲酸，斜陽寂寂照空山。三分鼎足渾如夢，蹤跡空留在世間。」

玄德躍過溪西，顧望東岸，蔡瑁已引軍趕到溪邊，大叫：「使君何故逃席而去？」◎25玄德曰：「吾與汝無仇，何故欲相害？」瑁曰：「吾並無此心，使君休聽人言！」玄德見瑁手將拈弓取箭，乃急撥馬望西南而去。◎26瑁謂左右曰：「是何神助也？」方欲收軍回城，只見西門內趙雲引三百軍趕來！正是：

「躍去龍駒能救主，追來虎將欲誅仇！」

未知蔡瑁性命如何？且聽下文分解……

〈評點〉

◎22：此伊籍第二番救玄德，寫得又閃忽，又精微。（毛宗崗）

◎23：前云：「伏軍五百在城」正爲此句伏線。（毛宗崗）

◎24：文不險不奇，事不急不快。急絕險絕之時，忽翻出奇絕快絕之事。可驚可喜！（毛宗崗）

◎25：本是「逃死」，乃云「逃席」。（毛宗崗）

◎26：寫蔡瑁尚有餘勢，玄德尚有餘慌。（毛宗崗）

注釋

※5：外出爲官。

※6：三匹馬駕的一輛車。

※7：劉邦自稱得火德而建立漢朝，「火德衰」即指漢朝的氣運衰退。

第三十五回　玄德南漳逢隱淪　單福新野遇英主

卻說蔡瑁正欲回城，趙雲引軍趕出城來。——原來趙雲正飲酒間，忽見人馬動，急入內觀之，席上不見了玄德。雲大驚！出投館舍，聽得人說：「蔡瑁引軍望西趕去了！」雲火急綽槍上馬，引著原帶來三百軍，奔出西門，正迎見蔡瑁。急問曰：「吾主何在？」瑁曰：「使君逃席而去，不知何往。」

趙雲是謹細之人，不肯造次，即策馬前行。遙望大溪，別無去路。乃復回馬，喝問蔡瑁曰：「汝請吾主赴宴，何故引著軍馬追來？」瑁曰：「九郡四十二州縣官僚俱在此。吾爲上將，豈可不防護？」◎1雲曰：「汝逼吾主何處去了？」瑁曰：「聞使君匹馬出西門，到此卻又不見。」

◆ 吾不如圖。劉備留意到牧童的笛聲，這一細節恰表現出他大難不死之際緊張之餘如醉如癡的心態。（鄧嘉德繪）

雲驚疑不定，直來溪邊。看時，只見隔岸一帶水跡。雲暗忖曰：「難道連馬跳過了溪去？」令三百軍四散觀望，並不見蹤跡。雲再回馬時，蔡瑁已入城去了，雲乃拏守門軍士追問，皆說：「劉使君飛馬出西門而去！」雲再欲入城，又恐有埋伏，遂急引軍歸新野。◎2

卻說玄德躍馬過溪，似醉如癡；想此澗濶一躍而過，豈非天意？迤邐望南漳策馬而行。日將西沉。正行之間，見一牧童跨於牛背上，口吹短笛而來。◎3玄德嘆曰：「吾不如也！」遂立馬觀之。牧童亦停牛罷笛熟視玄德，曰：「將軍莫非破黃巾劉玄德否？」

玄德驚問曰：「汝乃村僻小童，何以知吾姓字？」◎4牧童曰：「我本不知。因常侍師父，有客到日，多說：『有一劉玄德，身長七尺五寸，垂手過膝，目能自顧其耳，◎5乃當世之英雄。』今觀將軍如此模樣，想必是也。」玄德曰：「汝師

〈評點〉

◎1：也說得是。（李贄）

◎2：寫子龍四番盤問，兩度到溪，兩次回馬。極慌張，又極精細。（毛宗崗）若是老張，蔡瑁一刀矣；若是關公，必然要在蔡瑁身上找尋玄德；寫趙雲精細之人，又與二人不同。（李漁）

◎3：見追之後，接閒適之事，卻正是緊關處。冰冷之際，弄出火熱人來。（李漁）

◎4：馬背上人不識牛背上人，牛背上人卻偏識馬背上人。（毛宗崗）

◎5：虧兩耳作招牌。（李漁）

何人也？」牧童曰：「吾師複姓司馬，名徽，字德操。潁川人也。道號水鏡先生。」

玄德曰：「汝師與誰爲友？」小童曰：「與襄陽龐德公、龐統爲友。」玄德曰：「龐德公乃龐統何人？」童子曰：「叔姪也！龐德公字山民，長俺師父十歲。龐統字士元，小俺師父五歲。一日，我師父在樹上採桑，適龐統來相訪。坐於樹下，共相議論，終日不倦。吾師甚愛龐統，呼之爲弟。」

玄德曰：「汝師今居何處？」牧童遙指曰：「前面林中，便是莊院。」玄德曰：「吾正是劉玄德，汝可引我去拜見你師

◆ 玄德南漳逢隱淪。司馬徽早就盼望著劉備的到來。（fotoe提供）

父。」

童子便引玄德行二里餘，到莊前下馬。入至中門，忽聞琴聲甚美。玄德教童子且休通報，側耳聽之，◎6琴聲忽住而不彈。一人笑而出曰：「琴韻清幽，音中忽起高抗之調，必有英雄竊聽。」童子指謂玄德曰：「此即吾師水鏡先生也。」

玄德視其人，松形鶴骨，器宇※1不凡。慌忙進前施禮，衣襟尙濕。水鏡曰：「公今日幸免大難！」◎7玄德驚訝不已。小童曰：「此劉玄德也。」水鏡請入草堂，分賓主坐定。玄德見架上滿堆書卷，窗外盛栽松竹，棋琴於石床之上，清氣飄然。◎8

水鏡問曰：「明公何來？」玄德曰：「偶爾經由此地。因小童相指，得拜尊顏，不勝欣幸！」水鏡笑曰：「公不必隱諱，公今必逃難至此。」玄德遂以襄陽一事告之。水鏡曰：「吾觀公氣色，已知之矣！」因問玄德曰：「吾久聞明公大名，

〈評點〉

◎6：好音。（李贄）

◎7：仙乎！仙乎！（毛宗崗）

◎8：隱然爲諸葛草廬先寫一樣子。（毛宗崗）

注釋

◆龐德公，字山民，襄陽（今湖北襄樊）人。東漢末年名士，龐統之叔。荊州刺史劉表數次請他出山為官，他堅決不從。劉表問他不肯當官，拿什麼留給後代呢？他回答說：「世人留給子孫的是貪圖享樂、好逸惡勞的壞習慣，我留給子孫的是耕讀傳家、過安居樂業的生活，所留不同罷了。」另外，他慧眼識人，諸葛亮以師禮待他，每次來訪，獨拜於床下。（fotoe提供）

※1：人的外表、風度。

何故至今猶落魄不偶※2耶？」玄德曰：「命途多蹇※3，所以至此！」

水鏡曰：「不然！蓋因將軍左右不得其人耳。」玄德曰：「備雖不才，文有孫乾、糜竺、簡雍之輩，武有關、張、趙雲之流，竭忠輔相，頗賴其力。」水鏡曰：「關、張、趙雲，皆萬人敵，惜無善用之人。若孫乾、糜竺輩，乃白面書生耳。非經綸濟世※4之才也！」◎9

玄德曰：「備亦嘗側身※5以求山谷之遺賢，奈未遇其人何？」水鏡曰：「豈不聞孔子云：『十室之邑，必有忠信。』何謂無人？」

玄德曰：「備愚昧不識，願求指教。」水鏡曰：「公聞荊、襄諸郡小兒之謠乎？其謠曰：『八九年間始欲衰，至十三年無孑遺※6。到頭天命有所歸，泥中蟠龍向天飛。』此謠始於建安初。建安八年，劉景升喪卻前妻，便生家亂。此所謂『始欲衰』也。『無孑遺』者，謂景升將逝，文武零落無孑遺矣！天命有歸，龍向天飛，蓋應在將軍也。」玄德聞言，驚謝曰：「備安敢當此？」

水鏡曰：「今天下之奇才盡在於此，公當往求之。」玄德急問曰：「奇才安在？果係何人？」水鏡曰：「伏龍、鳳雛，兩人得一，可安天下。」玄德曰：「伏

◆司馬徽，字德操，潁川陽翟（今河南禹州）人。學者，襄陽名士，諸葛亮、龐統、徐庶等人的學問之師。一生清雅，善知人，時人稱為「水鏡先生」。屬於閑雲野鶴、與世無爭類型的人物，器宇不凡，且琴藝甚高。（葉雄繪）

龍、鳳雛何人也？」水鏡撫掌大笑曰：「好！好！」玄德再問時，水鏡曰：「天色已晚。將軍可於此暫宿一宵，明日當言之。」即命小童具飲饌相待，馬牽入後院喂養。◎10

玄德飲膳畢，即宿於草堂之側。玄德因思水鏡之言，寢不成寐。約至更深，忽聽一人叩門而入。水鏡曰：「元直何來？」玄德起牀密聽之，◎11聞其人答曰：「久聞劉景升善善惡惡※7，特往謁之。及至相見，徒有虛名。蓋善善而不能用，惡惡而不能去者也！故遺書別之※8，而來至此。」水鏡曰：「公懷王佐之才，宜擇人而事。奈何輕身往見景升乎？且英雄豪傑只在眼前，公自不識耳。」

〈評點〉

◎9：妙論。（李贄）

◎10：此等句，俗筆幾忘之。（毛宗崗）

◎11：玄德自是有心人。（李贄）

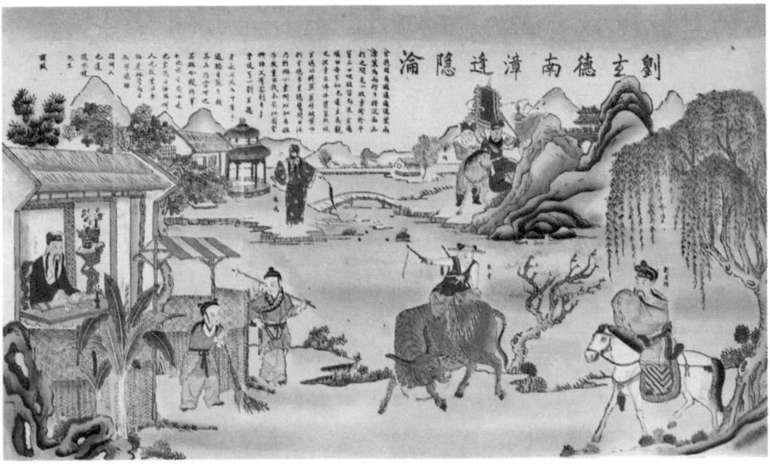

◆清代年畫《劉玄德南漳逢隱淪》。（Legacy images 提供）

注釋

※2：不偶：猶言「不走運」，古代一種迷信觀念，認為偶數好，奇數不好；所以運氣不好叫做不偶。

※3：《易經》卦名之一，表示窮困艱難、不順利的意思。

※4：經綸，是整理過的蠶絲，借喻政治規畫。濟世，是救世的意思。

※5：側：斜、傾斜。側身，表示認真、聚精會神。

※6：沒有一個留存下來，意即發生極大災難。

※7：第一個「善」和「惡」都作動詞用。這句話的意思是：喜愛好人，憎恨壞人。

※8：到別處去。

◆湖北襄樊水鏡莊，水鏡先生司馬徽當年隱居之地。（張治平／fotoe提供）

◎[12]其人曰：「先生之言是也！」

玄德聞之大喜！暗忖：「此人必是『伏龍、鳳雛』。」即欲出見，又恐造次。候至天曉，玄德求見水鏡，問曰：「昨夜來者是誰？」水鏡曰：「此吾友也！」玄德求與相見，水鏡曰：「此人欲往投明主，已到他處去了。」玄德請問其姓名，水鏡笑曰：「好！好！」◎[13]玄德再問：「伏龍、鳳雛，果係何人？」水鏡亦只笑言：「好！好！」

玄德拜請水鏡出山相助，同扶漢室。水鏡曰：「山野閒散之人，不堪世用。自有勝吾十倍者來助，公宜訪之！」正談論間，忽聞莊外人喊馬嘶，小童來報：「有一將軍，引數百人到莊來也！」◎[14]玄德大驚！急出視之，乃趙雲也，玄德大喜。

雲下馬入見曰：「某夜來回縣，尋不見主公。連夜跟問到此。主公作速回縣，只恐有人來縣中廝殺。」玄德辭了水鏡，與趙雲上馬，投新野來。行不數里，一彪人馬來到。視之，乃雲長、翼德也。相見大喜。玄德訴說「躍馬檀溪」之事，共相嗟訝。

到縣中與孫乾等商議。乾曰：「可先致書於景升，訴告此事。」玄德從其言，即令孫乾齎書至荊州。劉表喚入，問曰：「吾請玄德襄陽赴會，緣何逃席而去？」孫乾呈上書札，具言：「蔡瑁設謀相害，賴躍馬檀溪得脫。」表大怒！急喚蔡瑁，責罵曰：「汝焉敢害吾弟？」命推出斬之！蔡夫人出，哭求免死，表怒猶未息，◎15孫乾告曰：「若殺蔡瑁，恐皇叔不能安居於此矣！」表乃責而釋之。使長子劉琦同孫乾至玄德處請罪。

〈評點〉

◎12：這班人何故如此？可笑可笑。（李贄）
◎13：今世上好好先生又不如此。（李贄）
◎14：讀者自此，疑是蔡瑁追兵至矣！（毛宗崗）
◎15：眞是好人，只是耳朵軟些。（李漁）

◆訪賢圖。此時劉備尚不知真正的奇才臥龍、鳳雛在何處。(鄧嘉德繪)

◆徐庶，字元直，潁川陽翟（今河南禹州）人。生卒年不詳。年少時愛好擊劍，後折節向學，遊學四方。曾從劉備。侍母至孝，長坂坡一戰，他的母親被曹軍抓獲，於是北投曹操，在魏官至右中郎將、御史中丞。（葉雄繪）

琦奉命赴新野。玄德接著，設宴相待。酒酣，琦忽然墮淚。玄德問其故，琦曰：「繼母蔡氏常懷謀害之心，姪無計免禍。幸叔父指教！」玄德勸以：「小心盡孝，自然無禍。」◎16

次日，琦泣別，玄德乘馬送琦出郭。因指馬謂琦曰：「若非此馬，吾已為泉下之人矣！」琦曰：「此非馬之力，乃叔父之洪福也！」說罷相別，劉琦涕泣而去。

玄德回馬入城，忽見市上一人葛巾布袍，皂條烏履，長歌而來！歌曰：

「天地反覆兮！火欲殂※9，大廈將崩兮！一木難扶。山谷有賢兮！欲投明主，明主求賢兮！卻不知吾。」

玄德聞歌，暗思：「此人莫非水鏡所言：『伏龍、鳳雛』乎？」◎17遂下馬相見，邀入縣衙。問其姓名，答曰：「某乃潁上人也，姓單，名福。久聞使君納士招賢，欲來投託。未敢輒造，故行歌於市，以動尊聽耳。」玄德大喜，待為上賓。

單福曰：「適使君所乘之馬，再乞一觀。」玄德命去鞍，牽於堂下。單福曰：「此非的盧馬乎？雖是千里馬，卻要妨主，不可乘也。」玄德曰：「已應之矣！」遂具言躍檀溪之事。

福曰：「此乃救主，非妨主也！終必妨一主。某有一法可禳。」玄德曰：「願聞禳法！」福曰：「公意中有仇怨之人，可將此馬賜之。待妨過了此人，然後乘之，自然無事。」

玄德聞言變色曰：「公初至此，不教吾以正道，便教作利己妨人之事。備不敢聞教。」◎18福笑，謝曰：「向聞使君仁德，未敢便信。故以此言相試耳。」玄德亦改容起謝曰：「備安能有仁德及人？惟先生教之。」福曰：「吾自潁上來此，聞新野之人歌曰：『新野

〈評點〉

◎16：是叔父語。（李漁）

◎17：念茲在茲。（李漁）

◎18：本欲相合，忽若相離。曲折之甚！（毛宗崗）

◆單福新野遇英主。徐庶化名單福，出言試探劉備，被劉備拜為軍師，可惜兩人合作時間不長，徐庶就被曹操賺去。（fotoe提供）

注釋

※9：漢朝將要滅亡。這是用五行生克剋來講朝代興亡替代的一種宿命論說法。火，據說漢屬火德，此用來代指漢朝。殂，死亡。

牧，劉皇叔，自到此，民豐足。』可見使君之仁德及人也。」玄德乃拜單福爲軍師，調練本部人馬。

卻說曹操自冀州回許都，常有取荊州之意。特差曹仁、李典并降將呂曠、呂翔等領兵三萬，屯樊城，虎視荊襄，就探看虛實。時呂曠、呂翔稟曹仁曰：「今劉備屯兵新野。招軍買馬，積草儲糧，其志不小。不可不早圖之。吾二人自降丞相之後，未有寸功。願請精兵五千，取劉備之頭，以獻丞相。」曹仁大喜，與二呂兵五千，前往新野廝殺。

探馬飛報玄德，玄德請單福商議。福曰：「既有敵兵，不可令其入境。可使關公引一軍從左而出，以敵來軍中路；張飛引一軍從右而出，以敵來軍後路。公自引趙雲出兵前路相迎，敵可破矣。」玄德從其言，即差關、張二人去訖；然後與單福、趙雲等共引二千人馬出關相迎。

行不數里，只見山後塵頭大起，呂曠、呂翔引軍來到，兩邊各射住陣角。玄德出馬於旗門下，大呼曰：「來者何人？敢犯吾境！」呂曠出馬曰：「吾乃大將呂曠也。奉丞相命，特來擒汝！」玄德大怒！使趙雲出馬。

二將交戰，不數合，趙雲一槍刺呂曠於馬下。◎19玄德麾軍掩殺！呂翔抵敵不住，引軍便走。正行間，路旁一軍突出，爲首大將乃關雲長也。衝殺一陣，呂翔折兵大半，奪路走脫。

行不到十里，又一軍攔住去路，爲首大將挺矛大叫：「張翼德在此！」直取呂翔。翔措手不及，被張飛一矛刺中，翻身落馬而死，餘衆四散奔走。玄德合軍追趕，大半多被擒獲。玄德班師回縣，重待單福，犒賞三軍。

卻說敗軍回見曹仁，報說：「二呂被殺，軍士多被活捉！」曹仁大驚！與李典商議。典曰：「二將欺敵而亡。今只宜按兵不動，申報丞相起大兵來征剿，乃爲上策。」

仁曰：「不然，今二將陣亡，又折許多兵馬，此仇不可不急報！量新野彈丸之地，何勞丞相大軍？」典曰：「劉備人傑也，不可輕視！」◎20仁曰：「公何怯也！」典曰：「兵法云：『知彼知己，百戰百勝。』某非怯戰，但恐不能必勝耳。」仁怒曰：「公懷二心耶？吾必欲生擒劉備。」

典曰：「將軍若去，某守樊城。」仁曰：「汝若不同去，眞懷二心矣！」典不得已，只得與曹仁點起二萬五千軍馬，渡河投新野而來！正是：

「偏裨既有輿尸辱※10，主將重興雪恥兵。」

未知勝負如何？且聽下文分解……

〈評點〉

◎19：如此不耐殺之人，何苦無事討事做？（毛宗崗）

◎20：李典知事。（李贄）

注釋

※10：指呂曠、呂翔的兵敗受辱。偏裨：副將，主將下屬的武官。輿尸：戰敗而死，抬回屍體。

參考書目

1.《三國演義》，羅貫中著，北京：人民文學出版社，一九七三年十二月第三版，二〇〇四年三月重印。
2.《三國演義》（上、下冊），羅貫中著，李國文評點，桂林：灕江出版社，一九九四年八月第一版。
3.《三國演義》（新校新注本），羅貫中原著，沈伯俊、李燁校注，成都：巴蜀書社，一九九三年版。
4.《三國演義、三國志對照本》，許盤清、周文業整理，南京：江蘇古籍出版社，二〇〇二年九月第一版。
5.《三國演義：會評本》（上、下冊），陳曦鐘、宋祥瑞、魯玉川輯校，北京：北京大學出版社，一九八六年七月第一版。
6.《三國演義資料彙編》，朱一玄編，天津：南開大學出版社，二〇〇三年六月第一版。
7.《名家解讀三國演義》，陳其欣選編，濟南：山東人民出版社，一九九八年一月第一版。
8.《三國人物古今談》，曲徑、王偉主編，瀋陽：遼海出版社，二〇〇三年五月第一版。
9.《三國一百零八位大名人》，張書學主編，濟南：山東大學出版社，一九九四年九月第一版。
10.《汗青濁酒：三國演義與民俗文化》，魯小俊著，哈爾濱：黑龍江人民出版社，二〇〇三年五月第一版。

▲備註：本書以通行的清代毛宗崗評本爲底本。根據實際情況，本應署名「原著◎羅貫中／修訂◎毛宗崗」，考慮到市場上通行的署名習慣，仍予沿用，僅署「原著◎羅貫中」。

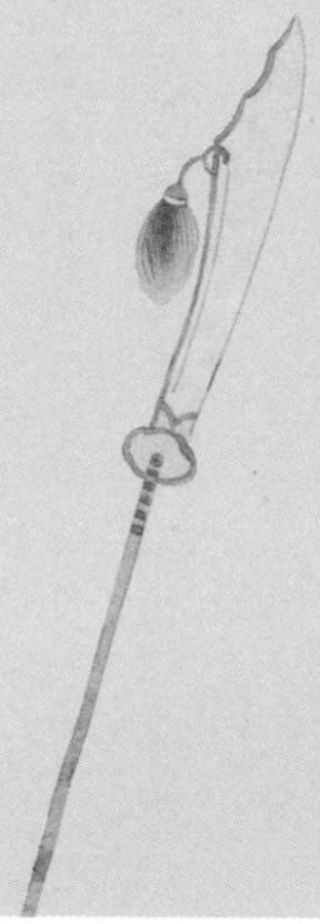

◆特別感謝本書內頁圖片授權人及授權單位◆

1.《三國演義人物畫傳》，葉雄繪，北京：百家出版社，二〇〇三年五月第一版。

⊙葉雄，上海崇明人，一九五〇年出生。畢業於上海大學美術學院國畫系，現是中國美術家協會會員、中國美術家協會連環畫藝術委員會委員、上海美術家協會理事……等。他於一九七六年開始從事連環畫、插圖、中國水墨畫創作，其作品在全國藝術大展中連續獲獎。他的水墨畫作品還在日本、韓國、加拿大、臺灣等地參加聯展。上海美術館、上海圖書館及國內外收藏家收藏了他的中國水墨畫作品。其藝術實踐被收入中國美術家大詞典、中國文藝傳集、當代中國美術家光碟、世界華人文學藝術界名人錄、世界名人錄……等。重要作品包括：

二〇〇一年出版《水滸一百零八將》。

二〇〇二年出版《三國演義人物畫傳》。

二〇〇三年出版《西遊記神怪、人物畫傳》。

二〇〇四年出版《紅樓夢人物畫傳》。

個人信箱：yexiong96@163.com

2.《鄧嘉德三國演義百圖》，鄧嘉德繪，成都：四川美術出版社，一九九五年。

⊙鄧嘉德，四川省成都市人，一九五一年生。中國美術家協會會員，現為四川美術出版社社長。自幼喜愛繪畫，一九八二年畢業於成都大學歷史系，後考入西南師範大學美術系，攻讀中國畫碩士學位。繪畫風格融漢代的概括凝重與宋代的細膩精巧為一體，表現了現代人的審美感受與傳統中國文化的結合。重要作品包括：

一九九四年出版了《關羽．一九九五》掛曆及《三國英雄譜．一九九五》臺曆。

一九九四年〈長坂坡〉獲加拿大海外中國書畫研究會第二屆楓葉獎金獎。

3. 《中國戲曲臉譜藝術》，張庚主編，中國藝術研究院戲曲究研所編。南昌：江西美術出版社，一九九三年。
4. 《三國》（中國戲曲臉譜叢書），田有亮編，北京：中國畫報出版社，二〇〇三年八月第一版。
5. 《清末年畫匯萃》（上海圖書館館藏精選），上海圖書館近代文獻部編。北京：人民美術出版社，二〇〇〇年。
6. 《中國美術全集．工藝美術編十二．民間玩具剪紙皮影》，中國美術全集編輯委員會編。主編：曹振峰，副主編：李寸松。北京：人民美術出版社，一九八八年。
7. 《潮州剪紙》，楊堅平編著。汕頭：汕頭大學出版社，二〇〇四年。
8. 《百姓收藏圖鑒：織繡》，長沙：湖南美術出版社，二〇〇六年六月版。
9. 《三國畫像選》，清．潘畫堂繪，上海：上海書畫出版社，一九八七年。
10. 《徐竹初木偶雕刻藝術》，李寸松撰文，戴定九責任編輯。上海：上海人民美術出版社，一九九四年二月第一版。
11. 《中國戲出年畫》，王樹村著，北京：北京工藝美術出版社，二〇〇六年一月第一版。

12.《圖說三國演義》，王樹村著，天津：百花文藝出版社，二〇〇七年。

13. 朱寶榮授權使用內頁繪圖共三十一張。

⊙ 朱寶榮，從小酷愛美術，因家庭情況無緣於高等學府深造，引爲憾事。二〇〇四年與兩位志趣相投的好友組成心境插畫工作室至今，能夠從事自己喜愛的工作，覺得是一件很幸福的事！

14. 北京樂信達文化交流公司授權使用部分內頁圖片。（legacyimages.com）

15. 北京CCN圖片網授權使用部分內頁圖片。（ccnpic.com）

16. 廣州集成圖像有限公司「FOTOE」授權使用部分內頁圖片。（fotoe.com）

國家圖書館出版品預行編目資料

三國演義（二）／羅貫中原著；王暢編撰.
—— 初版.——臺中市　：好讀, 2007.11
面：　公分，——（圖說經典；08）

ISBN 978-986-178-066-5（平裝）

857.4523　　96019197

好讀出版

圖說經典 08

三國演義（二）

【梟雄混戰】

原　　著／羅貫中
編　　撰／王暢
總 編 輯／鄧茵茵
責任編輯／陳詩恬
執行編輯／朱慧蒨、林碧瑩、莊銘桓
美術編輯／王志峰、賴怡君
行銷企劃／劉恩綺
封面設計／山今伴頁設計工作室
發 行 所／好讀出版有限公司
台中市 407 西屯區工業 30 路 1 號
台中市 407 西屯區大有街 13 號（編輯部）
TEL:04-23157795 FAX:04-23144188 http://howdo.morningstar.com.tw
（如對本書編輯或內容有意見，請來電或上網告訴我們）
法律顧問　陳思成律師

線上讀者回函
獲得好讀資訊

讀者服務專線／ TEL：02-23672044 / 04-23595819#213
讀者傳真專線／ FAX：02-23635741 / 04-23595493
讀者專用信箱／ E-mail：service@morningstar.com.tw
網路書店／ http : //www.morningstar.com.tw
郵政劃撥／ 15060393（知己圖書股份有限公司）
印刷／上好印刷股份有限公司
如有破損或裝訂錯誤，請寄回知己圖書更換

初版／西元 2007 年 11 月 15 日
初版九刷／西元 2022 年 11 月 15 日
定價／ 299 元

Published by How-Do Publishing Co., Ltd.
2022 Printed in Taiwan.

ISBN 978-986-178-066-5

本書內頁部分圖片由廣州集成圖像有限公司「FOTOE」授權使用，
其他授權來源於參考書目後詳列

讀者回函

只要寄回本回函，就能不定時收到晨星出版集團最新電子報及相關優惠活動訊息，並有機會參加抽獎，獲得贈書。因此有電子信箱的讀者，千萬別吝於寫上你的信箱地址

書名：三國演義（二）

姓名：＿＿＿＿＿＿＿＿ 性別：□男 □女　生日：＿＿年＿＿月＿＿日

教育程度：＿＿＿＿＿＿＿＿＿＿＿＿

職業：□學生 □教師 □一般職員 □企業主管

□家庭主婦 □自由業 □醫護 □軍警 □其他＿＿＿＿＿＿＿＿＿＿

電子郵件信箱（e-mail）：＿＿＿＿＿＿＿＿＿＿＿＿電話：＿＿＿＿＿＿＿＿

聯絡地址：□□□＿＿＿＿＿＿＿＿＿＿＿＿＿＿＿＿＿＿＿＿＿＿＿＿

你怎麼發現這本書的？

□書店 □網路書店（哪一個？）＿＿＿＿＿＿＿＿＿□朋友推薦 □學校選書

□報章雜誌報導 □其他＿＿＿＿＿＿＿＿＿＿＿＿＿＿＿＿＿＿＿＿＿

買這本書的原因是：＿＿＿＿＿＿＿＿＿＿＿＿＿＿＿＿＿＿＿＿＿＿＿

□內容題材深得我心 □價格便宜 □封面與內頁設計很優 □其他＿＿＿＿＿＿

你對這本書還有其他意見嗎？請通通告訴我們：

＿＿＿＿＿＿＿＿＿＿＿＿＿＿＿＿＿＿＿＿＿＿＿＿＿＿＿＿＿＿＿＿＿＿

你買過幾本好讀的書？（不包括現在這一本）

□沒買過 □1～5本 □6～10本 □11～20本 □太多了

你希望能如何得到更多好讀的出版訊息？

□常寄電子報 □網站常常更新 □常在報章雜誌上看到好讀新書消息

□我有更棒的想法＿＿＿＿＿＿＿＿＿＿＿＿＿＿＿＿＿＿＿＿＿＿＿＿＿

最後請推薦五個閱讀同好的姓名與E-mail，讓他們也能收到好讀的近期書訊：

1.＿＿＿＿＿＿＿＿＿＿＿＿＿＿＿＿＿＿＿＿＿＿＿＿＿＿＿＿＿＿＿＿

2.＿＿＿＿＿＿＿＿＿＿＿＿＿＿＿＿＿＿＿＿＿＿＿＿＿＿＿＿＿＿＿＿

3.＿＿＿＿＿＿＿＿＿＿＿＿＿＿＿＿＿＿＿＿＿＿＿＿＿＿＿＿＿＿＿＿

4.＿＿＿＿＿＿＿＿＿＿＿＿＿＿＿＿＿＿＿＿＿＿＿＿＿＿＿＿＿＿＿＿

5.＿＿＿＿＿＿＿＿＿＿＿＿＿＿＿＿＿＿＿＿＿＿＿＿＿＿＿＿＿＿＿＿

我們確實接收到你對好讀的心意了，再次感謝你抽空填寫這份回函

請有空時上網或來信與我們交換意見，好讀出版有限公司編輯部同仁感謝你！

好讀的部落格：http://howdo.morningstar.com.tw/

請填妥後對折黏貼，直接投郵即可，無須貼郵票。

廣告回函
臺灣中區郵政管理局
登記證第3877號
免貼郵票

好讀出版有限公司　編輯部收

407 台中市西屯區何厝里大有街13號
電話：04-23157795-6　傳眞：04-23144188

沿虛線對折

購買好讀出版書籍的方法：

一、先請你上晨星網路書店http://www.morningstar.com.tw檢索書目或直接在網上購買

二、以郵政劃撥購書：帳號15060393 戶名：知己圖書股份有限公司並在通信欄中註明你想買的書名與數量

三、大量訂購者可直接以客服專線洽詢，有專人爲您服務：客服專線：04-23595819轉230 傳眞：04-23597123

四、客服信箱：service@morningstar.com.tw